異世界ごはんで子育て中！２

～絶品ポトフは町を救う～

宮本れん

この作品はフィクションです。
実在の人物・団体・事件などに
一切関係ありません。

目次

異世界ごはんで子育て中！2
～絶品ポトフは町を救う～

異世界ごはんで子育て中！2

～絶品ポトフは町を救う～

1. 異世界レストランは今日も盛況

異世界レストラン『リッテ・ナオ』には、今日もおいしそうな香りが漂っている。

「タイム、〈フォワード〉！」

鍋に手を翳《かざ》して詠唱《えいしょう》すれば、あっという間に料理の完成。思うがまま時間を進められるとっておきの時空《じくう》魔法だ。

でき上がった低級魔獣ベスティアの煮込みこと、ポトフの鍋の蓋を開けると、近くにいた子供たちから「わー！」っという歓声が上がった。

ふふふ。いつ見てもかわいいな。

ふたりの元気な声を聞くと僕までうれしくなってくる。

「ナオ、できた？」

「ニャオ、できた？」

「あぁ、できたぞ。今日もとびっきりおいしそうだ」

「おおお！」

「おおおお！」

ふたりのテンションもマックスだ。両手を上げてバンザイする子供たちの頭をよしよし撫でてやると、僕は味見をすべくレードルを取り上げた。

僕――鈴本《すずもと》ナオは、今でこそ異世界で宿屋兼料理屋を経営しているけど、こうなったのにはわけがある。

もともとゲームが大好きで、『グランソード・デスティニー』というRPGゲームの再現料理を作ることを趣味にしていた。

それが、ひょんなことから（おっちょこちょいの神様が盛大にやらかしてくれたせいで）この世界に引っ張りこまれた挙げ句、「帰る方法はありません！」と泣きながら土下座《どげざ》されてしまったせいで、強制的にここで第二の人生を生きていくことになった。

あらためて考えるととんでもない話だよね。

まだ二十三歳だったのに。

ていうか、ゲームもいいところだったのに。

……今、頭の中で『ゲーオタ怖い』って独り言が聞こえた気がするけど、聞かなかったことにする。

そんなわけで、僕はここでリッテ・ナオを開業することになった。

料理は好きだったし、ラッキーなことに居抜《いぬ》きで店を譲ってもらえたからね。

間違って僕を召喚《しょうかん》した神様とは今も仲良しだし（なんなら友達ってことになってるし）、お詫《わ》びとして授けてもらった『時空魔法』と『鑑定《かんてい》スキル』にもすごく助けられている。

だから、毎日がとても楽しい。

不思議なものだよね。趣味として楽しんでいた頃は、自分の料理で誰かをよろこばせるなんて考えもしなかったのに。

だから、運命にも感謝だな。

『はっくしょん！』

もう一度、今度ははっきり頭の中でくしゃみが聞こえる。

それに笑い出しそうになるのをこらえながら、僕は棚に並べた食器に手を伸ばした。

窓に映るのは、元の世界にいた時から変わらない自分の姿だ。

向こうでは「やや小さめ」で済んでいた一七〇センチの身長も、こちらでは悲しいかな、「かなり小さめ」の部類に入る。細身と言えば聞こえはいいかもしれないけれど要は筋肉のつきにくい体質で、焦げ茶色の猫毛や大きな瞳には男らしさの欠片《かけら》もない。

それでも、この国の服はだいぶサマになってきたと思う。

生成《きな》りのシャツに茶色のパンツ、それに緑色のベストが僕のトレードマーク。この店をはじめる時に新調したものだ。それを着て、双子《ふたご》のエルフたちを育ててきた。

カウンターの椅子に並んで座り、サファイアのような青い目をきらきらと輝かせている子供たちだ。

「ふたりもポトフ食べるか？」

「たべる！」

「たべるよ！」

「そう言うと思った。さっきお昼食べたのに、よく入るなぁ」

やれやれと嘆息《たんそく》してみせると、ふたりは褒められたと思ったのか、エルフらしく尖《とが》った耳をぴるるるっと動かしながら得意げに胸を張った。

まったくもう、かわいいんだから。

そんなふたりと出会ったのは森の中だ。

迷子になっていたのを放っておけなくて連れてきた。最初は親探しをしていたものの、エルフの村が焼かれたことを知り、両親の生存も絶望的と判明したため、最終的には僕が引き取って面倒を見ると決めた。

懐かしいなぁ……。

はじめて会った時は、警戒して口も利《き》いてくれなかったふたりがだよ。

「ナオ！」

「ニャオ！」

今や、こうだもん！

僕と目が合うとうれしいのか、椛《もみじ》のように小さな手を口に当てて「うふふ」と笑う。カウンター越しに手を伸ばしてふたりのプラチナブロンドの髪を撫で、ついでに尖った耳の先もこしょこしょっとくすぐってやると、子供たちは「ふひゃひゃ」「ほひゃひゃ」とおかしな笑い声を立てながらくねくねと身悶《みもだ》えた。

もう、なんちゅう顔するんだ。

でも、それだけ気を許してくれてるってことだよな。

当時のことを思い出し、僕はしみじみと嘆息した。

出会った時、ふたりは自分の年齢も名前も覚えていなかった。

だから正確な歳はわからないけど、見た目的には三歳ぐらいだ。そして名前のなかったふたりのために僕が名付け親にもなった。

しっかり者のお兄ちゃんは、リートランド。通称『リー』。

やんちゃな弟は、ルートヴィヒ。通称『ルー』。

どちらも『グランソード・デスティニー』に出てくる双子の精霊から名前を拝借《はいしゃく》した。

ふたりとも明るく、はちゃめちゃに好奇心旺盛で、今やリッテ・ナオの看板キッズだ。

エルフらしく精霊魔法や草魔法、それに生活魔法も使えたりする。

おかげで、危険と言われるガートランドの森も歩きやすかったし、獰猛《どうもう》な魔獣とばったり出会《でくわ》して危機一髪！　なんてことも一度もなかった。店の準備や宿の後片づけも彼らが

〈ライト〉〈クリーン〉〈ウォッシュ〉と唱《とな》えるだけで一瞬で終わる。

本当に、ふたりには助けてもらいっぱなしだ。

だから僕はお返しに、おいしいごはんやおやつを作って、ふたりの好き嫌い克服大作戦（これでもお野菜が苦手あるあるなのだ）なども挟みつつ、三人で仲良く暮らしている。

そんな僕たちがいるのはイアといって、大国エルデアの同名首都に存在する城塞《じょうさい》都市。

僕が召喚された、そして僕と子供たちが出会ったガートランドの森を出て西に向かい、農地や牧草地を越えたところにある。

城壁の門を潜った先には中世ヨーロッパのようなレンガ造りの家々が建ち並び、石畳の上を人や馬、荷車が行き交う。色とりどりの花が咲き乱れ、マーケットからは威勢のいい呼び込みや人々の歌声が響く、それはそれは活気にあふれた素晴らしいところだ。

まさに、思い描いたファンタジーの世界そのもの。

町の人たちも人懐っこくて親切だし、治安もいい。イアの人々に支えられながらここで店を開いてもうすぐ一年半になろうとしていた。

早いものだなぁ。

途中、子供たちの父親を騙《かた》る偽者《にせもの》がやってきたりと、ちょっとした騒動もあったけど、それを乗り越えてからは特に大きなトラブルもない。店の経営も、子供たちとの生活も、なにもかもはじめて尽くしだけど体当たりしながら楽しくやっている。

なにごとも前向きでいなくちゃね。

楽観的すぎると言われることもあるけど、その方が柔軟でいられるし、トラブルだって楽しめる。

それに、小さなことで悩んでいたら異世界召喚なんて乗り越えられないのだ。

フンフンと鼻歌を歌いながらスープ皿にポトフを盛りつける。

大きめに切った魔獣肉や、ジャガイモやタマネギに似た根菜類《こんさいるい》なんかを丸ごと煮込んでいるだけあっていい出汁《だし》が出ているし、ハーブの香りも清々《すがすが》しい。

なにより、澄んだスープに浮かぶ脂《あぶら》のおいしそうなことといったら！

うん。今日もいい出来だな。

皿を手にカウンターを迂回《うかい》すると、リーとルーは弾《はじ》かれたように椅子から飛び降りた。

奥のテーブルに向かおうとする僕を走って追い越し、そこで待っていた老夫婦の膝の上にうんしょうんしょとよじ上る。

「こら。リー、ルー」

「ほっほっほっ。構わんよ」

「孫が増えたみたいでうれしいわねぇ」

窘《たしな》める僕に笑い返してくれたのは、店を居抜きで譲《ゆず》ってくれたノワーゼルさん夫妻だ。

ふたりとも御年《おんとし》八十を過ぎているとは思えないほど元気で、引退した後も時々こうして顔を見せにやってきてくれる。

「いつもすみません。どうぞ」

ポトフを出すと、ノワーゼルさんたちは目を輝かせながらスープ皿を覗きこんだ。

「やぁ。これがあのベスティアの煮込みとは、いまだに信じられんな」

「本当ね。ベスティアなんて、昔から我慢して食べるものだと思っていたわ」

ふたりが苦笑に眉尻を下げる。

ベスティアというのは、ガートランドの森に棲《す》む低級魔獣だ。

獣特有の臭みが強く、肉も硬い上に味わいに深みがないという、それだけ聞いたら誰も食べたがらないものを、再現料理の知識と時空魔法を駆使して絶品料理に仕立て上げた。

と言っても、基本はポトフそのまんまだけどね。

肉をやわらかくするためのブライニングや煮込みなど、本来ならば時間のかかる調理もさっきみたいに「タイム、〈フォワード〉！」と詠唱すれば鍋の中だけ時間が進む。

こちらの世界ではブライニング自体が知られていなかったし、煮る時にワインを入れて臭みを除いたり、ハーブで香りや風味を加えることも珍しかったようでとても驚かれた。

もちろん、味にも。

おかげさまでポトフは店の看板料理になったし、子供たちが治癒《ちゆ》魔法を施《ほどこ》した『魔法のスープ』も評判を呼んで、ありがたいことに人気店と呼んでもらえるまでになった。今やご近所さんや冒険者のパーティだけでなく、遠くの町や国からもわざわざお客さんが来てくれるほどだ。

「さぁ、冷めないうちにいただくとしよう」

ノワーゼルさんがにこにこ顔でスプーンを取り上げる。

そうしてスープを一口飲むなり、皺《しわ》だらけの顔をくしゃくしゃにして笑った。

「うまい！　あいかわらず絶品じゃな」

「本当においしいこと。ナオにしか作れない味ね」

「うまー！」

「うまま－！」

子供たちお得意の『ノワーゼルさんのモノマネ』も飛び出す。

ノワーゼルさんは細い目を糸のようにしてうれしそうに頬をゆるめた。

「ほっほっほっ。元気が良くてかわいらしいの」

「おじいちゃん、うま！」

「おばあちゃんも、うま！」

「ねぇ。そうねぇ。おいしいわねぇ」

やさしく頭を撫でてもらって子供たちはご機嫌だ。

そこへ、威勢のいい声とともにドアが開いた。

「よぉ、兄弟。腹減ったからなんか食わしてくれ」

「ハンスさん」

「あたしも作るの面倒になっちゃってねぇ」

「アンナさんまで。どうしたんですか、お揃いで」

「いやー、ギルドの集会が長引いて、もうすっかりこんな時間だ。今帰っても昼飯なんて残ってないからな」

　聞けば、朝からずっと缶詰だったのだそうだ。

　いつもは底なしに明るいふたりなのに、疲れと空腹のコンボですっかり参っている。

「それはそれはお疲れさまです。こちらにどうぞ」

　ノワーゼルさん夫妻や子供たちと挨拶を交わすふたりを隣の長テーブルに案内すると、僕は厨房に取って返した。

　ハンスさんはうちの店にパンを卸《おろ》してくれているパン屋の兄貴で、とても気さくで顔の広い人だ。毎日生地《きじ》を捏《こ》ねているだけあってがっしりした体つきをしているわりに、実はめちゃめちゃ照れ屋でもある。

　一方のアンナさんはお向かいの酒屋のおかみさん。うちの店で出しているワイン（この世界ではヴィヌマという）は全部アンナさんの樽《たる》から分けてもらっている。世話焼きで、肝《きも》っ玉《たま》母さんと呼ぶのがぴったりな人。子供たち含めてずいぶんお世話になっている。

そんなふたりにポトフを運ぶと、これまた大歓声に迎えられた。

「いやー、これだよ。この味だよ。まったく天才だなぁ、おめぇは」

「おいしいねぇ。自分で作ってもこうはいかないよ。肉はやわらかくならないし、野菜が煮崩れてスープも濁《にご》るし」

「だから言ったろ。ナオは天才なんだって」

「もう、褒めすぎですってば……。それに、ハンスさんのパンやアンナさんのヴィヌマもおいしいですし、他の誰も敵《かな》いませんよ」

「な…、なんだよ。急に」

途端にハンスさんがくしゃりと顔を顰《しか》める。照れた時の癖なのだ。

大柄な彼とちぐはぐなかわいい仕草に皆が笑い、それにつられるようにしてハンスさん自身も豪快に笑った。

うんうん、これこれ。

自分が作ったものを食べながらみんなが笑う、この光景がなにより好きだ。

そんな中、一足先に小皿のポトフを食べ終えた子供たちはお腹いっぱいになったせいか、こっくりこっくりと船を漕《こ》ぎはじめた。いつまでもノワーゼルさんに預かってもらうのは申し訳ないので、ちょっと失礼してお昼寝させてこよう。

ひとりずつ抱っこして二階に運び（最近また重たくなった）、普段三人で川の字になって寝ているベッドに寝かしつける。

お腹にブランケットをかけてやると、すぐに「くかー」「ぷすー」という、なんとも言えないかわいいイビキをかきはじめた。

こんもり盛り上がったお腹がイビキに合わせて上下する。

「ふたりとも、お腹ぽんぽこりんだなぁ」

そりゃ、しっかりお昼ごはんを食べた上にポトフまで味見したからね。

でも、きらきらした目で訴えられると断れないんだよなぁ。ふたりが僕の料理を好きでいてくれてる証《あかし》だし、育ての親としてはやっぱりうれしい。

子供はたくさん食べてこそ。

それにきっと、寝て起きたらすぐに「おなかすいた！」の大合唱だ。

それなら今夜は、ディンケル小麦を使ったチキンソテーにしようか。それとも魔獣肉の残りをヴィヌマでコトコト煮込もうか。

どちらもふたりの大好物だ。リーもルーも目を輝かせ、口の周りをベトベトにしながら「うまー！」「うままー！」に違いない。

ふふふ。夜が楽しみだな。

「ふたりとも、おやすみ」

順番に額にキスを贈り、レストランのある一階に降りる。

僕が子供たちを寝かしつけている間にハンスさんたちはすっかり食事を終えたようだ。

皿を下げに行くと、なぜかそれまでと雰囲気が変わっていることに気がついた。

なんていうか、緊張感？

さっきまでののんびりした空気じゃない。

どうしたんだろうと思っていると、アンナさんが気遣わしげにこちらを見た。

「子供たちは寝たかい？」

「ええ。もうぐっすり」

「そりゃ良かった。……いや実はね、ちょっと子供の前じゃ話しにくいことがあってさ」

「なにかあったんですか？」

「座っとくれ」

おとなしく言われたとおりにする。

アンナさんに目で促され、ハンスさんが思いきったように口を開いた。

「近々ギルドからも通達されるだろうし、先に伝えておく——城壁のすぐ傍で、魔獣に襲われて人が亡くなったそうだ」

「えっ」

「それは本当かね」

ノワーゼルさんが息を呑む。

僕もすぐには信じられなかった。

「城壁のすぐ傍で……？　だって、森からかなり距離がありますよ」

「そう思うだろう？　あたしもさっき、ギルドで聞いて驚いたところさ」

「ガートランドの魔獣たちだ。最近やたらと森の外をウロついてるらしいって話を聞いたことはあったがよ……」

「それってベスティアじゃなくて、ですか？」

ポトフにも使う低級魔獣ベスティアは、良く言えば好奇心旺盛、端的《たんてき》に言えば警戒心の薄い動物で、森を出ては農地をウロウロすることがあるため、定期的に駆除《くじょ》されている。イアでは狩ったベスティアを伝統的に備蓄食料として活用してきた。

そんな期待をこめて訊《たず》ねてみたのだけれど、ハンスさんは首をふるばかりだった。

「ベスティアだったらどんなに良かったか。もっと手に負えないやつらだそうだ」

「農地も荒らされるじゃろうな。その上、町のすぐ傍までやってくるとは……」

「城壁の門は大丈夫かしら。ダーニが心配だわ」

ノワーゼルさん夫妻も心配そうに顔を見合わせる。

門番を務めるダーニさんは、僕がノワーゼルさんと出会うきっかけをくれた人だ。

とても気さくないい人で、今も門を通るたび声をかけてくれる。彼がいなかったら僕は長く路頭《ろとう》に迷っただろうし、こうしてレストランをやることもなかったかもしれない。

前に言葉を交わしたのはいつだっただろう。

僕は魔法使いとしてギルドに登録されているので（採取命のウルスラさんに唆《そそのか》され……もとい、勧められたので）、定期的に魔草や薬草などの採取依頼をこなさなくてはいけないという決まりがある。そのたびに、ダーニさんのいる城壁門を潜って森に通っていた。

門の向こうには見渡す限りの農地や牧草地が広がっていて、さらに東に行ったところにお目当てのガートランドの森がある。

森には恐ろしい魔獣や野獣だけでなく気性《きしょう》の荒いオークなんかもいるので、基本的には冒険者のパーティ以外立ち入ってはいけない。僕が単独採取に行けるのはひとえにリーとルーが精霊魔法で守ってくれているからだ。

森の中は魔獣の領域。

森の外は人間の領域。

それが、暗黙の了解だったのだけれど。

「一般人が魔獣なんかに襲われたらひとたまりもないです。逃げることもできない」

森で魔鳥やブレーズガンに襲われた時のことが蘇《よみがえ》る。

冒険者のパーティに守ってもらったおかげでなんとか命拾いしたけど、ひとりだったら間違いなく一撃でやられていたはずだ。

「そんなのに怯《おび》えながら作物《さくもつ》の世話をするなんて、あたしなら怖くてできやしないよ」

「それでも生きていくために農民たちは働きに出にゃならん。なんとも気の毒でならないことだ。ただでさえ収穫量も減って苦しいじゃろうに……」

ノワーゼルさんが眉間に皺を刻む。他の三人も同様だ。

「城壁のすぐ傍というのは、どれくらいの距離があったのかね」

「なんでも、門から一番近い畑だったらしい」

「すぐそこじゃないですか」

ゾッとした。

下手したら城壁門の中にまで入ってきそうな勢いだ。もしそうなったら、腹を減らした魔獣と逃げ惑う人たちでイアは大混乱に陥ってしまう。

「魔獣に出会うこともあるとなると、うかうか門の外にも出られませんね」

「門の開閉にも厳重な見張りがつくだろうな。安全確保のためによ」

ハンスさんの言葉にみんなが頷く。

僕もぜひ、そうすることをお願いしたい。

「……あ、でも待てよ」

「どうした。ナオ」

うかうか外に出られないというなら、外から町にやってくるのも危ないということだ。

それはつまり。

「キャラバンも減ったりするんでしょうか」

遠くの国から珍しい品々《しなじな》を運んでくれるキャラバンは、今やなくてはならない存在だ。料理用のスパイスも、お菓子に使うバニラエッセンスも、すべてが輸入頼りなのだ。

「近頃はイアを避ける連中が多いって、輸入商品を扱う店の主人が嘆《なげ》いてたぜ」

「あああ～～やっぱり……」

両手で顔を覆《おお》う。

悲しいかな、実は思い当たる節があった。古今東西の珍しい品を並べている店の棚に、この頃やけに隙間が目立つと思っていたんだ。

困ったぞ。まさかのピンチだ。

もちろん、人が亡くなったことに比べたら全然大したことじゃないんだけど、それでもレストラン経営という点からすると早くも黄色信号が点滅しはじめる。

「このままだと、そのうちカレーが作れなくなっちゃうかもしれません」

「おい、なんだと」

「本当かい」

ハンスさんたちがテーブルの上に身を乗り出す。

「そのうちです、そのうち。今すぐってわけじゃないです。よく使うものは多めに買ってあるので、しばらくは大丈夫だと思います」

「だが、使い切ったらお手上げじゃねぇか」

「そんなことになったら一大事だよ」

「俺たちの『カレーの日』はどうなるんだ」

「なくなるなんて言わないでおくれよ。毎週五日目の楽しみだってのに」

「僕だって続けたいです。せっかく皆さんによろこんでもらえたのに。でも、スパイスが切れたらどうにも……」

「困ったねぇ」

　皆のため息が重なったその時。

　またも店のドアが開いて、よく知った人物が顔を覗かせた。

「あぁ、やはりここに集まっておったな」

「ユルゲンさん」

　トレードマークの白い顎髭《あごひげ》をもふもふ揺らしながら入ってきたのは、イアのギルド協会をまとめているユルゲンさんだ。後ろにはギルドスタッフのウルスラさんの姿も見えた。

　ふたりにはこの町に来た時からずっとお世話になっている。僕が数日と空《あ》けずギルドに行くし、ふたりもお客さんとして店に食べに来てくれたりね。

「こんにちは。珍しいですね、こんな時間にいらっしゃるなんて」

　なにせ、ギルドはまだやっている時間帯だ。

留守にしちゃっていいのかな……？

目で問う僕に、ユルゲンさんはなぜか硬い表情で首をふった。

「少しでも早く知らせようと思ってな。少々邪魔をしても構わんかね」

「あ…、はい。どうぞ」

ユルゲンさんを中へ招き入れる。後に続くウルスラさんもいつもの元気はどこへやら、すっかりしゅんとしてしまっているようだ。

こんなウルスラさん、はじめて見たぞ？

いつもはエネルギーの塊で、僕を見るたび「ナオさん、次の採取なににしますっ？」とウキウキで仕事をぶん投げてくる人なのに。

僕だけでなく、アンナさんたちも首を傾げている。

ユルゲンさんたちは食事はいらないそうなので、ハンスさんたちの隣に案内した。

「すまんが、ナオも同席してくれるかね」

「わかりました」

給仕の手を止め、ユルゲンさんの向かい側に座る。

……あ、なんだろう。ちょっと重たい雰囲気だ。お腹の辺りがシクシクしてきた。

「ハンス。さっきのことはもう話したかね」

「あぁ。伝えさせてもらった」

　ユルゲンさんが静かに頷く。そうして「これから話すことは、ギルドの正式決定として追って通知することじゃが」と前置きすると、険しい顔で一同を見回した。

「森の魔獣たちが凶暴化しつつある。その被害は森の外、我々の住む町のすぐ傍まで及びはじめた。城壁を出るのは危険じゃ。ましてや、森などとても入れるものではない」

　ユルゲンさんが苦いものを噛み締めるように顔を歪《ゆが》める。

「これは我々にとって苦渋の決断というより他にないが……当分の間、採取は禁止とすることにした」

「……！」

　大変なことになった。

　ガートランドの森に自生している植物は、僕たちの暮らしを大きく支えてくれている。病気や怪我の治療に使う薬草をはじめ、料理に風味や香りをつける香草、それから特別な力を宿した魔草など、昔からこの町の人々に親しまれ、利用されてきた。

　毎日の暮らしになくてはならないものだ。

　それを採取できなくなるなんて、医療・食事・魔法の分野を問わずかなりの大打撃だ。うちの看板メニューのポトフだってハーブがなければ作れない。

　なにごとにも前向きでいたい僕だけど、これはなかなか厳しいぞ……。

「ナオ、君の言いたいことはわかる。……ギルドでも、薬師や錬金術師たちが大騒ぎしておるよ。商売上がったりだと言ってな」

「ユルゲンさん」

「彼らの仕事に薬草や魔草が必要なのはよくわかる。同じく、君の料理に香草が必要だということもな。じゃが、今までとは事情が違うんじゃ」

「今回ばかりはわたしも『ナオさん、お願いします！』なんて言えません」

「ウルスラさんまで……。その、事情が違うってどういうことですか？　魔獣がたくさんいるってだけじゃないんでしょう？」

ウルスラさんの肩がピクッと跳ねる。

彼女は、隣のユルゲンさんを窺うように見た後で、「実は……」と口を開いた。

「冒険者の中にも命を落とされた方が出たんです」

「えっ」

息を呑む僕らにユルゲンさんが続ける。

「羊飼いたちが放牧の護衛として雇《やと》った男じゃ。ひとりでいたところを複数の中級魔獣に襲われて、為《な》す術《すべ》もなかったと先ほどギルドに早馬が来てな」

「なんてこと……」

冒険者は戦闘訓練を積んだプロ中のプロだ。そんな人でも歯が立たないなんて。

せめて魔獣たちを遠ざける方法があればいいのに……。

そこまで考えて、ふと、子供たちの顔が浮かんだ。

あの子たちと一緒にいれば精霊魔法で守られる。だからたとえば、子供と冒険者たちがタッグを組めば魔獣退治が捗《はかど》るのでは……と、ここまで考えて僕はぶんぶん首をふった。

いくら魔法が使えるからって、そんな危ないことにかわいいうちの子を担《かつ》ぎ出すなんて言語道断！　リーとルーになにかあったらどうするんだ。それに、ふたりの魔力や体力の問題もある。

どのみち相手は、冒険者でさえひとりでいたら命を落とすほどの凶暴な魔獣だ。素人《しろうと》がどうにかできるものじゃない。

言葉に詰まっていると、ユルゲンさんに「ナオ」と呼ばれた。

「君にはこれまで、魔法使いとしてずいぶんと世話になった。ウルスラがたくさん無茶を言ったじゃろう。幻のラビネル草を持ち帰ってくれたこともあったの。子供たちも含め、君の採取の腕はイア一じゃ。ギルドを代表して礼を言うよ、ありがとう」

「そんな、お礼だなんて……僕の方こそギルドの皆さんにはお世話になってばかりです。今日だって、こうしてわざわざ来てくださって」

「だって、お止めしておかないと、ナオさんすぐ森に行っちゃいますから」

横から入ってきたのはウルスラさんだ。

「ちょっと。誰のせいだと思ってるんですか」

「あ、私ですね。あはは」

ようやくいつもの調子を取り戻したウルスラさんが明るく笑う。

まったくもう。そういうとこですよ。

でも、おかげで気持ちが和《なご》んだ。しばらく森に行けないのは痛いけど、これぱっかりはしかたないしね。

「わかりました。ギルドの決定に従います」

「申し訳ない。ギルドでも、この状況をできるだけ早く脱することができるよう、一丸《いちがん》となって手を尽くすことを約束しよう」

「よろしくお願いします」

ユルゲンさんに向かって頭を下げる。

話が一段落したところで、聞いていた面々がいっせいにため息をついた。

「そうか〜〜採取もダメになったかぁ」

「そりゃそうだよ。農地でさえ危ないのに、その向こうの森になんて行けるわけないよ」

「だよなぁ」

ハンスさんとアンナさんが顔を見合わせる。

「魔獣のせいで農地は荒らされるし、安心して家畜に草を食べさせることもできやしねぇ。キャラバンも素通りで行っちまう上、これからは薬草まで手に入らなくなるのか」

「いつも擦り傷を作って帰ってくる子供たちをどう手当てしてあげたもんか……」

「俺は作物が心配だ。収穫量が減るんじゃないか？　マーケットがスカスカになるぞ」

「待っとくれ。ヴィヌマが……新酒が仕込めないなんてあり得ないよ」

「俺のディンケル小麦だってそうだ。あいつがうちの売りなのに、手に入らなくなったら俺はどうやってパンを焼いたらいいかわからねぇ」

「イア祭までに解決するかしら」

「！」

ポツリと呟いたのはノワーゼルさんのマダムだ。

皆がいっせいに騒がしくなった。

「イア祭！」

「そうだ、祭だ！」

イア祭は城塞都市イアが成立した日を記念してはじまったお祭で、年に一度、みんなが楽しみにしているハレの日だ。そんな祝日があと二ヶ月後に迫っている。

「あるもの掻き集めてでもやりましょうよ、お祭りだけは」

「じゃが……こんな状況じゃ、祭なんてとても無理じゃ」

項垂《うなだ》れるノワーゼルさんの細い肩を、ハンスさんが力強く叩いた。

「弱気になるなよ、ノワーゼル爺さん。不作の年だって毎年やってきたじゃないか。俺は諦めねぇからな」

「そうですよ。ユルゲンさんたちが頑張るって約束してくれましたし、できると信じて、僕らは僕らにできることをやりましょうよ。自分たちのためにも、子供たちのためにも」

だって、お祭りはみんなの大切な日だ。

特に子供たちにとっては夢のような一日に違いない。リーもルーも去年はめちゃくちゃはしゃいで、それはそれは楽しんでいたっけ。

大通りを練り歩くパレードに歓声を上げ、おいしそうな屋台を見るたびに涎《よだれ》を垂らし、イアの歴史を伝える人形劇に目をきらきらさせていた。森で生まれ育ったエルフのふたりからすれば、人間のお祭りなんて正真正銘はじめてのことで、見るもの聞くものすべてがとても刺激的だっただろう。

この日ばかりは無礼講《ぶれいこう》だ。

誰も彼もが仕事を忘れ、家事からも解放されて歌い踊る。子供たちには甘くておいしいトルテやパイが、大人たちには極上のヴィヌマや焼いた肉がふるまわれ、この町が今日もこうして在ることを、その一員であることを心の底からよろこび合うのだ。

そんな、一年にたった一度のご褒美を、どうしても中止させたくない。

難しいことはわかっているけど、それでも。

「お祭、やりたいです」

「俺もだ」

「あたしもさ」

「わしらもじゃよ」

「もちろんわたしたちも」

僕が「はい！」と手を上げると、全員が次々とそれに続いた。不安顔だったノワーゼルさんもハンスさんに背中を押されるようにして手を上げている。

も～～～みんなもお祭りやりたいんじゃないですかっ。

うん、だよね。それならやることはひとつ。

「その日まで、お互い励《はげ》まし合って頑張りましょう」

「おいしいポトフも食べさせてもらったし、乗り越えていかなくちゃね」

「あぁ。今は辛くとも、いつか必ず終わりがくる。だからそれまでの辛抱《しんぼう》だ。それによ、俺たちにはナオのメシがあるじゃねぇか。うまいモンさえ食えれば元気は出る」

「もう。ハンスさん、ハードル上げないでくださいよ」

思いきり顔を顰めてみせる。

それを見て、ハンスさんたちは気持ちいいほどの声を立てて笑った。どんなにため息をついていても、こうして笑い合えるのはうれしいことだ。

「それじゃ、また。いつでもお待ちしてます」

みんなを和やかに送り出す。

皿を片づけながら、僕なりにこれからのことについて考えた。

農地が荒らされているそうだから、この先、食材が手に入りにくくなるかもしれない。

すでに行きつけの輸入商品店で香辛料が品薄になっているように、マーケットも近い将来、野菜や肉が卸《おろ》されずにガランとすることになるかもしれない。

「そうなったら隣町まで遠征するか……？」

幸い、僕には無限収納こと、マジックバッグがある。

時空魔法の一種で、中に入れている間は『時』の流れから切り離されるから食べものが腐らないし、温度管理までしてくれるという優れものだ。重たい荷物もへっちゃらだし、マーケットで仕入れをするたび大活躍している。

「でもなぁ……遠征中は店を閉めないといけないし、子供たちもアンナさんに預けなきゃいけなくなる」

店を続けるために店を閉めるなんて本末転倒だ。

リーとルーだって、お留守番続きじゃ寂しがるだろう。

「うーん。どうしたもんかな……」

カウンターに寄りかかり、腕組みをしたその時だ。

『なんだか大変そうですね。ナオさん』

「あ、ランラン」

　頭の中で声がした。

　僕の召喚主《しょうかんぬし》（と言えば聞こえはいいけど、要はうっかりミスで僕をこの世界に引っ張りこんだ張本人）であり、僕を眷属《けんぞく》にして守ってくれている調和の神、ランゲルベルトだ。

　とても明るく人懐っこい性格で、逆に言うと威厳なんかとはほど遠いけど、でもそれがランランのいいところでもある。

　あ、このランランっていうのは僕がつけた渾名《あだな》だ。当人は最初「ええええええ……！」と難色を示していたわりに、今やすっかりお気に入りになったらしい。

『うふふ』

　……ほらね。

　召喚主であるランランは僕の考えていることが読めるのだそうで、わざわざ口に出して言わなくても、考えただけですぐに伝わる。

　はじめて聞いた時はびっくりしたよね。

　だって、常に神様と直電がつながってるようなもんだし。

　でもこれがとても便利で、困った時にいつでも相談できるのはもちろん、人前で話しにくい時でも会話が成立するので助かる。ついでに「えーとアレが……アレだよ、アレ」と、単語をド忘れした時でも意思疎通《そつう》できるのでありがたい。

「ところでどうしたの？　あ、さっきの話聞いてた？」

『はい。急に大変なことになってしまったと思って……事前に察知して、お伝えできたら良かったんですが……』

「でも、知らなかったんだろ。しょうがないよ」

『はい……』

ランランの声が尻すぼみになる。

姿はなくとも、しゅんとしているのが目に浮かぶようだ。

『ナオさんはぼくの眷属なのに……もっとお役に立ちたいのに……』

「いやいや、神様の方が『お役に立つ』って変でしょ」

『なに言ってるんですか。ナオさんの一大事とあらば、ぼくはっ！』

「わかったわかった。気持ちはありがたく受け取っておくから落ち着いて」

なおもフンフンと鼻息を荒げるランランを宥《なだ》めつつ、僕もスツールに腰を下ろす。

「でもさ、正直なところまだ実感が湧かなくて。これも正常性バイアスなのかな」

『まぁ、イレギュラーな事態ですからね。でも、ぼくからしたらナオさん、ずいぶん肝《きも》が据わってるなって思いますけど……』

「え？　そう？」

まさか、ランランにそう言われるとは思わなかった。

『このままじゃ食材がなくなるかも！　ってマーケットに飛んでいって買い占《し》めしたっておかしくないですよ。マジックバッグに入れておけば日持ちもしますし』

「あー、うん……でもそれやっちゃうとさ、他の人が困るでしょ」

マーケットは僕だけのものじゃない。イアに住むみんなの食卓を支える場所だ。

『ナオさん、やさしいですねぇ』

「僕が今こうして在るのも、イアの人たちのおかげだからね。恩を仇《あだ》で返すようなことはしたくないし、できるだけ役に立ちたいって思ってるから」

『ほわぁ……』

ランランがぽかんと口を開けたのがわかる。

神様のくせになんちゅう顔するんだ。

「まぁ、ある日突然召喚されたことに比べれば、だいたいのことは乗り越えられるなって思うしさ」

『うっ……。そ、その節は、とんだご迷惑を……！』

「あはは。うそうそ。毎日楽しく暮らしてるから大丈夫だって」

レストラン的には大打撃を受けることではあるけど、それだってまだ致命傷《ちめいしょう》じゃない。

この暮らしを守るためにみんなで頑張ろうと誓ったばかりだ。

『ナオさん。一年半でこんなに立派になって……』

ランランが今度はズズッと鼻を啜《すす》る。しょんぼりしたり感心したり、かと思うとしみじみしたり、まったく忙しいんだから。

「あれから一年半も経つんだよね」

『いろんなことがありましたねぇ』

「ね。ランランが夢の中に出てきてくれたりさ。あれにはほんと驚いたよね」

ビジュアルに度肝《どぎも》を抜かれたという意味で。

だって、十五歳ぐらいの、天使かと思うようなきれいな顔立ちの子だったんだよ!? 泣きながら土下座をキメる『おっちょこちょいのチビ天使』を長らくイメージしていた僕のショックと言ったら。

その上、その姿で鼻水垂《た》らして泣くんだもん……あれは軽いトラウマになったわ……。

『ふふふ。そんなこともありましたっけねぇ』

なのに本人ときたら呑気なもんだ。

「あんだけ美形なのにこれだもんなぁ」

『えっ。ぼくのこと、美形だと思っててくれたんですかっ!』

大声で前のめりに捲し立てられ、頭がキーン! となった。

おまえは加減というものを知らないのかっ。

『うふふ。ぼく、ナオさんに直接会ってお話ししてみたいなぁ。ナオさんのレストランに行くのが夢なんです』

「神様なのにそんなささやかな夢でいいの……？」

もっとこう、世界を思うがままに造り変えるとか、そういうのじゃなくて？

『全然ささやかなんかじゃありませんよう。実体がないぼくには大事《おおごと》です』

「あ、そっか」

実体化するところからやらなくちゃいけないのか。

『夢の中にお邪魔するのだって相当イレギュラーだったんですよ。だから、ぼくが本当にナオさんの目の前に現れることがあるとすれば、それはナオさんが絶体絶命の大ピンチに陥《おちい》った時です』

「大ピンチ？　大丈夫なの⁉」

そういう時に限ってランランお得意の「ついうっかり」が発動しちゃいそうだけど。

『心配ご無用！　眷属のピンチを颯爽《さっそう》と救ってこそ神様です！』

えっへん！

ランランが自信満々に胸を張ったのがわかる。きっと顔も満面の笑みなんだろう。

それでこんなに不安なのもちょっとおもしろいよな……。

噴き出すのをこらえていると、ランランがもっともらしく咳払いをした。

『とにかく、いざって時はぼくがいますから。ナオさんは安心して頑張ってくださいっ』

「うん。ありがとう。頼りにしてる」

『はい！　頑張ります！』

だから！　声が！　デカすぎる……！

耳を劈《つんざ》くような決意表明とともにランランがすうっと消える。

まったくもう。常に全力投球なんだから。

でも、そういうところが憎めないし、なんだかうれしくなっちゃうんだよな。

『くしゅん！』

またも聞こえたくしゃみに、ついつい「ふふふ」と笑みが洩れた。

僕には子供たちがいるし、イアの仲間たちもいる。そこに神様もついててくれるんなら百人力だ。なんでもできる。

「よーし。やるぞ」

この生活を守るため。まずは自分にできることを。

僕は声に出して気合いを入れると、ディナーの仕込みに取りかかった。

2．まずは作戦会議です

いつものように最後のお客さんを送り出し、昼の営業が終了する。

店の外に『準備中』を知らせるCLOSED札を出すと、子供たちに手伝ってもらって三人で後片づけをした。

僕が下げてきた食器に、リーとルーが小さな手を翳す。

「〈ウォッシュ〉！」

「おおー！」

何度見てもふたりの生活魔法はすごい。このたった一言で、汚れたお皿をピッカピカにしちゃうんだから。

パチパチと拍手すると、ふたりは照れくさそうに「うふふ」「えへへ」と笑った。

「すごいなぁ、ふたりは」

「そ、そっかな」

「ニャオ、うれしい？」

「うん。うれしいよ。いつも手伝ってくれてありがとうな」

右手をリーに、左手をルーに伸ばし、ふわふわの髪を撫でてやる。

「ふわー。いいきもち」

「ほわー。すてきな、きもち」

ふたりがうっとり目を閉じる。

ふふふ。安心してるんだなぁ。

そんな顔を見ていると僕の方までうれしくなる。いつもはピンと上を向いた尖り耳が、この時ばかりはへにょっと下を向くのもかわいらしい。こうして撫でていると僕の方まで幸せな気分にさせられる。

ふたりの髪を思う存分堪能させてもらい、夜の営業に向けてエネルギーを蓄えてから、僕は名残惜しみつつ手を離した。

「さぁ、ふたりとも。今日はこれからギルドに行くぞ」

「ん？」

「ん？」

その顔には「なんで？」と書いてある。

無理もない。採取が禁止になってからはずっと行ってなかったもんな。

ふたりにとってギルドは定期的に採取依頼を受けたり、達成報告をしたりする場所だ。

ついでに、カウンターにいるウルスラさんに「今日もとっても素敵ね」と構ってもらえるところでもある。

「今日は依頼を受けに行くわけじゃないんだ。ユルゲンさんに呼ばれてるんだよ」

ふたりはぱちぱちと瞬きをした後で、互いに顔を見合わせた。

「……おひげ？」

そう来たか～。

「おじいちゃん？」

「そうそう」

噴き出しそうになるのをこらえて頷く。

イアを守るギルド長も、ふたりには『山羊のお髭《ひげ》のおじいちゃん』なんだろう。

そしてそのおじいちゃん……もといユルゲンさんが、採取禁止令を出してはじめて僕をギルドに呼んでくれた。この苦境を乗り越えるべく行われる、いわゆる有識者による意見交換会ってやつだ。

なぜ僕が選ばれたのかと言うと、レストランを経営してるっていうのもあるだろうけど、主に魔草や薬草の採取スペシャリストとして話を聞きたいのだそうだ。

……採取スペシャリスト？

これは首を捻るやつだよね。

だって、ウルスラさんに「あれ採ってきてください！」「この依頼もお願いします！」と無理難題を押しつけられるまま、こなしてるうちにランクアップしただけだもん。

だから依頼の達成回数こそ多いけど、ランランに授けてもらった魔法以外は使えないし、肝心の魔力も全然大したことない。そんな僕でいいのかなとは思ったものの、ギルド側がいいって言うなら、まぁいっか。

きれいにした食器や鍋を片づけ、ついでに床やテーブルの上も〈クリーン〉で掃除してもらうと、右手をリーと、左手をルーとつないで、三人揃って家を出た。

「おっでかっけ！　おっでかっけ！」

「うっれしいなー！」

子供たちはつないでいない方の手をぶんぶんふり回し、オリジナルのおでかけソングを熱唱する。いつもの『リー&ルー劇場』だ。あんまり大きな声で歌うもんだから、通りの反対側にいたアンナさんの旦那さんにまで笑われた。

「はっはっはっ。チビども、あいかわらず元気がいいなぁ」

「すみません。うるさくして……」

「なぁに。子供はこうでなくっちゃいけねぇよ。な！」

「な！」

「にゃ！」

得意げな同意に、旦那さんがまたも大声で笑う。

「気をつけて行ってこいよ」と見送ってくれるのに会釈で返し、子供たちとも手をつなぎ直すと、僕らは再び大通りをマーケットとは反対方向に歩きはじめた。

といっても、店から協会までは目と鼻の先なんだけどね。

いくらもしないうちに視界が開け、広場が見えてくる。その正面にドドンとそそり立つ三階建ての建物がギルド協会だ。伝統的な茶色の木組みや、窓辺に飾られた花々が青空に映《は》えて実に威風堂々として見える。

はじめて来た時は圧倒されたっけ。

でも今や、すっかり通い慣れた第二の我が家だ。

「こんにちはー」

挨拶しながら扉を開ける。

驚いたことに、いつもは冒険者や錬金術師たちでごった返すフロアが閑散《かんさん》としていた。ギルド登録者どころか、カウンター職員すらひとりもいない。

「え？　……あ、そりゃそうか」

採取だけでなく、魔獣退治や護衛も禁止されることになったと聞いた。依頼するものがいなければ、当然ながら依頼を受けるものもいないわけで。

「この部屋って、こんなに広かったんだなぁ」

いつもぎゅうぎゅう詰めだったからなんだか変な感じだ。

ガランとした部屋を見回していた時だった。

「ナオさん。こんにちは」

「あ、ウルスラさん。この間はどうも」

書類を抱えたウルスラさんが二階から降りてくる。彼女は小走りで駆け寄ってくると、子供たちの前で身を屈《かが》めた。

「こんにちは、リーちゃん。ルーちゃん。今日もとっても素敵ね」

「ウルスラちゃん、こんにちは」

「ウルスラちゃんも、とってもすてき」

「まぁ、ありがとう。うれしいわ」

にっこり笑いかけられた途端、ふたり揃って「はわー」と頬を赤らめる。

まったくもう。将来が心配になるほどの浮かれポンチだな、君たちは。

毎度新鮮に照れるふたりに、ウルスラさんと笑いながら顔を見合わせた。

「それじゃ、会議室にご案内しますね」

「お願いします」

ウルスラさんに連れられてギルド協会の二階に上がる。

普段の受付業務はすべて一階で行われるから、階段を上がるだけで特別な感じがする。

二階に来るのは『幻の魔草』と呼ばれるラビネル草を採ってきた時以来だ。

あの日はギルド中が大騒ぎになったっけなぁ……。

そんなことを懐かしく思い出しつつ、通された部屋に入る。

中央には大きなテーブルがあり、会議の出席者たちがぐるりと卓を囲んでいた。

おっと……わりと大人数なんだな。

見たところ、ユルゲンさんは様々な分野の人たちに声をかけたようだ。僕とは反対に、採取を依頼する側の魔法使いや錬金術師、薬師、それに農家や酪農家《らくのうか》の姿もある。

てっきり、こぢんまりした集まりだと思っていたからびっくりだ。

「……！」

「……！」

子供たちも、知らない人たちがいることに気づいた瞬間、カチンとその場に固まった。

あ～～～久々に発動したか……。

最近はだいぶ人慣れしてきたと思ったけど、ウルトラ人見知りはやっぱりそう簡単には直らないらしい。

「大丈夫だぞ。怖くないぞ」

頭を撫でてやってもぷるぷる首をふるばかりなので、僕はその場にしゃがみ、ふたりをぎゅっと抱き締めた。

「ちょっとびっくりしちゃったな。でも大丈夫。僕がついてるだろ？」

「ナオ…」

「ニャオ…」

　ふたりはもうシオシオだ。

　さっきまで大声でおでかけソングを歌ってたのに、まるで別人みたいじゃないか。

　うん。でも、知らない人がたくさんいると心細くなるよな。

　僕はあらためてふたりをぎゅーーーっと抱き締めると、やさしく背中を擦ってやった。

「そんな顔するなって……。あのな、これからみんなでお話し合いをするんだ。その間、いい子にしてられるか？」

「んー……」

　迷う顔だ。あんまり自信がないとも書いてある。

　うんうん。素直でよろしい。

「それなら、アンナさんのところに行くか？」

　こんなこともあろうかと、もしもの時は預かってもらえるように頼んである。

　けれど、今度はふたり揃ってぶんぶんと首をふった。

「リー、ナオといる」

「ルーも、ニャオといる」

「走り回ったりできないぞ。おやつもグッと我慢だぞ」

「が、がんばる」

「おやつのために、がんばる」

真剣な顔で僕の手をきゅっと掴んでくる。

君たち、心細いわりにちゃっかりしてんな！

噴き出しそうになるのをこらえ、よしよしと頭を撫でてやっていた時だ。

「ははは。あいかわらずか」

後ろから覚えのある声がする。

ふり返ると、ラインハルト団のメンバーが部屋に入ってくるところだった。

うちを定宿《じょうやど》にしてくれている冒険者のパーティで、かれこれ一年以上のつき合いになる。革の鎧《よろい》やフードマントを羽織った姿は頼もしく、すぐにでも冒険の旅に出発しそうだ。

そんな四人を眩しく見ながら僕はその場に立ち上がった。

「こんにちは。皆さんも会議に？」

「あぁ、冒険者の代表として呼ばれた。そっちは採取側としてか？」

「はい。そうみたいです」

声をかけてくれたラインハルトさんはこのパーティのリーダーで、個性豊かなメンバーをまとめる頼れる兄貴だ。長身で逞《たくま》しく、かつ紳士的な彼には落ち着いた水色の瞳がよく似合う。赤褐色の長い巻き毛も華《はな》があり、皆が憧れる冒険者そのものという人だ。

その後ろから、ヴェルナーさんが「よぉ！」と声をかけてきた。

「元気そうだな」

「おかげさまで。ヴェルナーさんもお変わりないですか」

「体力には自信があるからな。それよりおまえ、この間とうとうポトフの夢まで見たぞ。どうしてくれる」

「えええ。そんなこと言ったたって」

「考えただけで腹が減ってきた。次は鍋いっぱい食うからな」

苦笑する僕にもヴェルナーさんはお構いなしだ。

筋骨隆々な上に、黒い巻き毛に黒い服と全身黒尽くめで怖いけど（実際気も短いけど）、なんだかんだで結構やさしい。とにかく胃袋が底なしで、ラインハルトさんとお代わりの回数を競っている節《ふし》がある。

ちなみに彼が言う「鍋いっぱい」は決して比喩《ひゆ》なんかではない。

「ナオちゃん」

「あ、デメルさん」

「リーちゃんとルーちゃんも一緒なのね。久しぶりに会えてうれしいわ」

デメルさんがにこにこ顔で子供たちに両手をふってくれる。

　それまで緊張でカチンコチンになっていたふたりは、名前を呼ばれたことでハッとしたのか、じわじわと氷が溶け出すようにいつものリーとルーに戻った。

「デメルちゃん？」

「デメルちゃんだ！」

「やーん、ふたりともかわいいんだから。殺伐とした旅で干からびた心が潤うわぁ」

　デメルさんが両手を頬に当ててシナを作る。

　身長一七八センチ、これでもれっきとした男性だ。体格のいい美青年ながら口を開けば陽気なオネエが顔を出す。『気はやさしくて力持ち』の言葉どおりとんでもない力自慢で、かつ、ナニーになるのが夢だったと言うほどの子供好きでもある。

　今も子供たちの小さな手を握り、スン……と天を仰いでいる。

　あー、また感極《かんきわ》まっちゃったな……。

　苦笑する僕に、隣にいたソフィアさんがくすくす笑った。

「ここに来るまでの間、ずっとリーちゃんとルーちゃんに会いたいって言ってたんです。すごく楽しみにしていたんですよ」

「みたいですねぇ」

「わたしも、またこうしてナオさんにお会いできてうれしいです。お元気そうで」

「ソフィアさんも。落ちこんだ時もちゃんと食べてますか？」

「もう。ナオさんたら」

ソフィアさんが照れくさそうに笑う。

彼女は他の三人と違って魔法使いだ。冒険者の援護射撃を担当している。

どちらかというと内気なタイプだけど、悪いことには毅然《きぜん》と立ち向かう強い一面もある。

それでもはじめて会った時は魔法で失敗したと落ちこんで、食事を拒《こば》もうとしていたっけ。

今は溌剌《はつらつ》としていてなによりだ。

ひとしきり再会をよろこび合った僕たちは、他の参加者たちとも順番に挨拶を交わし、大きなテーブルに並んで座った。僕の隣にはリーとルーが半分借りてきた猫みたいな顔でちんまり収まっている。

ギルド側の出席者はユルゲンさんの他に職員が三人。そのうちひとりはウルスラさんだ。いつものようにノートを広げているから書記の役目をするんだろう。

「全員揃ったようじゃな。それでは、はじめるとしよう」

ユルゲンさんが皆を見回し、咳払いをした。

「今日集まってもらったのは他でもない。昨今の魔獣の危機からいかにして町を守るか、そして我々の生活をいかにして成り立たせるかについて、皆の意見を聞かせてもらおうと思ってのことじゃ。それと同時に、我々ギルドの動きについても知ってもらいたい」

ユルゲンさんが隣に座っていた職員さんに目配せする。

　彼は手元の紙を広げると、一同を見回した。

「まずは、現状についてご説明します。――昨日までに城壁の外で目撃された魔獣は、中級魔獣・低級魔獣合わせて約四十体。そのうち、中級魔獣にはブレーズガンやガルド、ローネルワイヤーなどが含まれているとのことです」

「なっ」

　すぐにラインハルト団から声が上がった。

「ブレーズガンだと……炎系の魔獣だ。クソッ。それで農地や牧草地を焼かれたのか」

「ガルドは強い毒を持ってるわ。急いで中和しないと土地が汚染されてしまう」

「ローネルワイヤーなんかに襲われたらひとたまりもないぞ。あいつらは、動くものならなんでも食うような凶暴な肉食獣だ」

　思わず目が丸くなる。

「そ、そんなのが四十体も……？」

「目撃されているだけでです。実際にはもっと多いでしょう」

　ラインハルトさんはひとつ頷き、テーブルに身を乗り出した。

「早々に手を打っておいて正解でしたね、ギルド長。城壁の外には、我々のように戦闘に慣れたパーティ以外は出さない方がいい」

「ラインハルトの言うとおりじゃ。農民たちの中には、危険を顧《かえり》みず農地や牧草地に行くものもいるようじゃが、今後は採取同様、城壁門の通行を取り締まらなくてはならない。出ていったが最後、生きて帰ってはこられまいて……」

「お待ちください！」

そこへ、切実な声が割りこんでくる。

口を開いたのは錬金術師の男性だった。

「採取禁止を前提とされるのは困ります。魔草の採取が禁じられるということは、我々にとって生きる術《すべ》を奪われるようなもの。一刻も早くご許可をいただきたい」

「魔法使いにとっても魔草や薬草は必要不可欠です。危険であることは重々承知しておりますが、ならば冒険者の方々に採ってきていただくことはできないでしょうか。お代ならお支払いします。いつもの倍値でも構いません」

魔法使いの男性も身を乗り出す。

今にも金貨を取り出しそうなのを見て、ユルゲンさんがやんわりと手で窘めた。

「森へ行くとなれば、道中の戦いは避けられまい。じゃが、相手が四十体ともなると話は別じゃ。少数のパーティでは対応しきれんし、こうしている間にも魔獣は増え続けていると聞く。ギルドとして、冒険者たちをみすみす死にに行かせるわけにはいかん」

「おっしゃることはわかります。ですが……！」

食い下がる錬金術師たちの気持ちはよくわかる。僕だって、どうにかしてハーブを手に入れたいと思う。でも、ユルゲンさんの言うこともわかるのだ。

「ナオ。君はどう思うかね」

意見を求められた僕は、少し考えた後、できるだけ現実的なラインを探ることにした。

「たとえばですが……複数のパーティを立てて、採取班と、それを護衛する班に分けるというのはどうでしょう？　採取するのも森の入口付近で手に入る数種類に限定するとか。そうすれば、比較的短時間で目的が達成できると思うんです。とにかく、城壁の外にいる時間をできるだけ少なくすることが大事かと」

「なるほど。それなら、いくらか安全に採取を行えるかもしれん」

「いやいや、それではダメです。私が必要とする魔草はそんなところに生えていません。森の奥まで行ってもらわなくては」

錬金術師の男性が口調を荒げる。

「でも、森の中はもっと危険なんじゃないですか？」

「それをなんとかするのが冒険者の仕事でしょう」

「あらぁ、気安く言ってくれるじゃない。こっちは命張ってるってのに」

デメルさんの一瞥《いちべつ》に、男性は「ヒッ」と悲鳴を上げる。

それをラインハルトさんがいつものように取りなした。

「まぁまぁ、そうピリピリするな。非常事態で困っているのはお互いさまだ。それよりも建設的にシミュレーションしてみようじゃないか。ナオの案でいくと、魔獣に遭遇したら俺たち冒険者は戦うわけだが、その結果、残念ながら農地や牧草地にはダメージが残る。これだと農民たちが困らないか」

「あ…」

言われてみれば確かにそうだ。そこまで考えていなかった。

「あ、あのっ…、口を挟んで申し訳ねぇんですが……土っていうのは繊細なんです。一度荒らしてしまうと元通りにするまで何年もかかっちまうんです。その間、儂《わし》らは生活することができません」

おずおずと口を開いたのは農民の男性だ。気が気じゃない様子が窺《うかが》える。

「それなら、保障があったらどうですか？」

「保障？」

「もし、魔獣討伐で農地や牧草地にダメージが残ってしまったら、元に戻るまでの期間、一定額のお金を支給してもらえるとか」

要は保険みたいなものだ。

「へぇ。それならまだ……」

「だが、その金はどっから出す？」

ヴェルナーさんに訊ねられ、答えに困る。

農家や酪農家の人たちが登録しているギルドから支給されるのがベストだと思うけど、ユルゲンさんの表情を見る限りは難しそうだ。

「うーん……。かと言って、放っておいても解決するものじゃないですし」

「このまま時間が経てば経つほど、俺たちみんなの首が絞まる」

「わしもそれは重々承知じゃ。一刻も早く事態を収束させるため、思いきって魔獣討伐《とうばつ》に腹を括《くく》ってはどうかと考えた」

「魔獣討伐！　あの数をですか」

「でも、どうやって……」

皆がざわめく。

そんな中、ユルゲンさんは懐から畳んだ紙を取り出した。手紙のようだ。

「実は、ギルドでも内々に可能性を探っておってな。どんな手を打つにせよ、先立つものは必要になる。特に、魔獣討伐ともなれば多くの冒険者を雇わねばならない。そのための援助をダストン様へ嘆願《たんがん》しておったのだ。……これが、その返事だ」

「おお！」

「さすがギルド長！」

「………ダストン様って？」

みんながいっせいに僕の方を見る。

ううう。空気の読めない人間ですみません……。

「そうか、ナオは知らなかったか。イアを含む、エルデア東部の領主でいらっしゃる方だ」

「領主……？」

そうか、そういう人もいるわけか。

でも、考えてみれば当然だよね。ギルドにはギルドの長がいるように、領地には領地の主がいて、みんなをまとめたり、暮らしを守ったりしてるわけだもんな。

「どんな方なんです？」

けれど訊ねた途端、全員がスッと目を逸らした。

……あ、あれ？

「こう言っちゃなんだが、道徳的な人間とは言えねぇな」

「ヴェルナー」

すかさずラインハルトさんが窘める。

それでもヴェルナーさんはどこ吹く風だ。

「ギルド長の口からは言えねぇだろ。だから俺が代弁《だいべん》したまでだ」

「端的に言うと、ドケチのクズね」

「デメルさんまで」

聞けば、今年五十三歳になるというダストンは、かなり虚栄心《きょえいしん》が強い人なのだそうだ。

贅沢が大好きな健啖家《けんたんか》で、なにごとも自分の思い通りにしないと気が済まず、それが元で奥さんは愛想を尽かして子供とともに出ていってしまったという。
「あらら……」
みんなが目を逸らすわけだ。
「どうしてそんな方が領主様なんですか」
「そりゃお金持ちだもの」
デメルさんが顔を顰める。
「お金があれば教会だって建てられるし、古くなった橋を掛け替えることだってできるわ。
そうすれば『あの方のおかげでこの町がある』って崇《あが》められるものよ。……そこに人柄が
伴《ともな》えば最高なんだけど」
あー、そういうことか。つまり、そういう人か。
ユルゲンさんは恭《うやうや》しく手紙を開くと、皆に聞こえるように読み上げはじめた。
「『このたびのことは、私も大変心を痛めているところだ。我々は生まれた時から常に善
良なる民として生きてきた。それなのになぜこのような事態に陥ってしまったのか？　な
ぜ、我々の暮らしが脅《おびや》かされなければならないのか？　原因はあの忌《い》まわしい魔法使いザ
ザの恥ずべき行いによるものだ。私は領主として、ザザを捕らえ、すべての損害を賠償さ
せることを命じる。費用はザザに求めるがいい。一刻も早く事態が収拾し、元のとおりに

戻ることを切に願っている』――以上じゃ」

「おいおい」

「まるで他人事《ひとごと》じゃねぇか」

「お金は出さないくせに口は出すとか、典型的なダメダメパターンじゃない」

たちまち全員からブーイングが起こる。

「皆さんが目を逸らした理由がよくわかりました。……ところであの、ザザさんって？」

「強い力を持つ魔法使いじゃ。ギルドにも登録がある」

「その腕を見込まれて、領主専属としてダストン様にお仕えしている男性です。とってもいい方で……お仕えされるまでは採取依頼も受けてくださったりして、本当に貴重な戦力だったんですよねぇ」

ウルスラさんが恨みがましい目で遠くを見る。

「これって、ザザさんに責任を押しつけた格好ですよね。手紙には『恥ずべき行いによるもの』ってありましたけど、どういうことなんでしょう？」

「わからない。なにか、ダストン様の気に障るようなことをしたのだとは思うが……」

「こうなったら直接ザザに訊いてみるしかねぇな。領主の城に行くぞ」

「お待ちください」

立ち上がりかけたヴェルナーさんを、ギルド職員の男性が手を上げて制した。

「ザザさんですが、ダストン様のところを飛び出したきり、行方《ゆくえ》がわからなくなっているようです。お手紙の返事を持ってきてくださった従者の方からお聞きしました」

「飛び出した!?　領主専属の魔法使いが、ですか……？」

ラインハルトさんが目を丸くする。

「契約を放り出してでも逃げたかったたってか？」

「それで、どこにいるかわからない、と」

「必死に捜してはいるんじゃが……」

「全然見つからないんです」

ギルドの四人がため息をつく。あちこち手を尽くし、近隣のギルドとも連携してはいるものの、一向に情報が掴めないのだという。

そんな中、ソフィアさんが「もしかしたら……」と口を開いた。

「ご自身に魔法をかけて、姿を隠していらっしゃるんじゃないでしょうか」

「そんなことができるのか」

「ザザ様ほどの魔法使いなら可能だと思います」

「でもそれって、絶対に見つかりたくないってことじゃないですか」

ザザさんの魔法が解けるくらい強い魔力を持つ魔法使いを連れてくるか、普通ランクの魔法使いたちで寄って集《たか》ってなんとかするか。それもダメならザザさんの気が変わるのを辛抱強く待つしかない。

の、望みが薄すぎる……。

項垂れる一同を見回し、ユルゲンさんが頭を下げた。

「ギルドに費用を賄《まかな》うだけの財力があれば良かったんじゃが。資金調達ができなければ魔獣討伐など夢のまた夢。本当に申し訳なく思っておる」

「顔を上げてください、ユルゲンさん」

「そうよ。ギルド長のせいじゃないわ」

「ギルド長が嘆願してくださったおかげで、こうして領主様の考えも、その周辺の動きも見えたわけですから」

「ありがとうよ。じゃが、ここから先の動きようがなくてな……。ダストン様の言うようにザザに支払いをさせたくとも、そのザザを探すために先立つものがない。よしんば金があったとしても丸腰で向かわせるわけにはいかん。捜索に当たる魔法使いを守れるだけの冒険者も必要じゃ。それだけの用立てはとてもとても……」

お金も、魔法使いも、冒険者も、なにもかもが圧倒的に足りない。

またもため息をつきそうになった、その時だ。

「イアの一大事だ。ギルドへの恩返しとして、俺たちが無償で一肌脱ごうじゃないか」

ラインハルトさんが立ち上がる。

それを見て、すぐさま他のメンバーも椅子を立った。

「おうおう。さすがはうちのリーダーだぜ。いいこと言うじゃねぇか」

「困った時こそお互いさまよ。お金のことなんて心配しないで」

「わたしも魔法使いの一員として、皆さんのお役に立ちたいです」

ヴェルナーさん、デメルさん、ソフィアさんの顔を順番に見回し、ラインハルトさんがニヤリと笑う。

うおー！　なにこの四人、めちゃくちゃ格好いい！

ラインハルトさんはユルゲンさんに向き直り、力強く頷いた。

「今回の件、このラインハルト団にお任せください。よろこんでお役に立ちましょう」

「なんと」

ユルゲンさんが目を丸くする。

「ギルドは、自分も力を貸したいという魔法使いを集めてください。無報酬で構わないというものを募《つの》っていただければ、道中の護衛や魔獣討伐は俺たちが請け負います」

「ありがたい申し出じゃが……本当にいいのかね。長丁場《ながちょうば》になるやもしれんぞ」

「じっとしていても同じことです。それなら、少しでも救いがある方を選びたい」

「ラインハルト……」

「知り合いのパーティにいくつか心当たりがあるので、俺から話してみましょう。彼らも最近仕事がなくて退屈だと言っていたくらいですから、一暴れできるとよろこんで受けてくれるはずです」

いやーもう、さすがは頼れる兄貴。痺《しび》れるな……！

こうなったら後に続かなくては男が廃《すた》る。

「それならぜひ、うちを拠点にしてください。僕が皆さんをバックアップします。せめてお腹いっぱい食べてもらうことで皆さんを応援したいんです。もちろんお代はいただきません。これもイアへの恩返しですから」

「おいおい、そんなこと言って大丈夫か」

「俺たちがどんだけ食《く》うか知ってるだろ」

「もちろん。毎回びっくりするくらい食べてくれるので、僕も作るのが楽しみなんです。ね、デメルさん。ソフィアさんもいいでしょう？」

「そりゃ、あたしたちはすごくうれしいけど……」

「でも、お店の経営も心配です」

「お金なら、いただいた依頼報酬がありますから。しょっちゅう森に通ってたおかげです。ねっ、ウルスラさん！」

「ふふふ。それってもう、私のおかげってことですね！」

このポジティブさ！

まぁ、でも、そういうことにしておこう。せっせと紹介してもらったのは事実だしね。断らせてもらえなかっただけでね。

「じゃあ、決まりですね」

「ありがとう、ナオ。世話になる」

「はい。ドーンとお任せください」

拳で胸を叩いてみせる。

冒険でチートできなくたって、僕にできることはちゃんとあるんだ。

「腕によりをかけておいしいものを作らなくっちゃ。皆さんが飽《あ》きないように、そろそろ新しいメニューも出さないといけませんしね」

「えっ。新しいメニューって、なに作るんですか？」

すかさず目を輝かせたのはウルスラさんだ。

「ふふふ。それはまだ秘密です」

「楽しみですね～。ナオさんの新作っ」

「ナオちゃん、あたしには美容にいいものお願い」

「わたし、甘いものが食べたいです」

「はいはい。全部作りますとも。これからのリッテ・ナオに乞《こ》うご期待です」

「やだもう。今すぐ魔獣ブッ倒しに行きたくなってきたわ」

デメルさんの一言にみんなが噴き出す。

明るい空気の中、僕は新作メニューについて思いを巡らせるのだった。

3．お料理教室、はじめました

新しいメニューの検討と並行して、僕はお料理教室もはじめることにした。

なぜって？

それは、この町の人たちに保存食を作る習慣がなさそうだと気づいたからだ。

マーケットに行けば採《と》れ立ての野菜や果物がどっさりあったからね。わざわざ保存用の食べものなんて作らなくても困ることはなかったんだろう。

でも、これからはどうなるかわからない。

現に、売り場は日を追うごとに品薄になりつつあるし、こうしている間にも魔獣たちによって農地は荒らされる一方だ。農家の人たちも、泣く泣く作物の世話を放棄しなければいけなくなりつつある。

だからせめて、手に入った食材は余すことなく食べなくては。

そのためには、保存方法を工夫する必要がある。

そのひとつの答えとして保存食に辿り着いた。

放っておいたら二日、三日で傷《いた》んでしまう野菜たちをできるだけ長持ちさせることで、万が一、食料が手に入らない時でも食うに困らないようにと考えたんだ。

簡単な保存食の作り方なら僕にも教えることができるし、教室を開くだけのスペースもある。これなら、日頃お世話になっている町の人たちへの恩返しにもなるはずだ。

たくさん助けてもらったからな。

これからは、僕が返していく番だ。

そうと決まったらどんなものを作ろうか。メニューを考えるだけでわくわくする。

なにせ、保存食と言ってもいろいろある。

たとえば、子供たちが好きなモモネのコンフィチュール。

モモネというのはプラムに似た甘酸っぱい果物だ。砂糖を加えてさらりと煮たコンフィチュールはハンスさんのパンによく合うし、冷たい水で割るだけでおいしいジュースにもなる。この町伝統の『イアの日』にも作ったことがあったっけ。

もちろん、ふたりが大好きなホットケーキとも相性抜群だ。

「モッモネー！　モッモネー！」

「モッモモッモ・モッモネー！」

見て、このテンション。

おやつのホットケーキを焼く僕の前で、リーとルーは目をきらきら、涎《よだれ》をジュルジュルさせながら『モモネの歌』を熱唱している。ちなみにこれはふたりのオリジナルソングで、他にもポトフの歌やカレーの歌、トルテの歌に至っては二番まであるほどだ。

テンション上がっちゃったもんな。そりゃ歌いたくなるよな。

「よーし。引っくり返すぞー」

両手で持ち手を持ち、フライパンを軽く前後に揺する。

生地がくっついていないことを確かめ、えいやっと勢いをつけて煽《あお》ると、片面が焼けたホットケーキが、ポーン！　と空《くう》を舞った。

「ほわぁ！」

「とんだ！」

子供たちの目は釘付けだ。

フライパンで受け止めたケーキを再び火にかけながら、僕はこっそり頬をゆるめた。

以前、パンケーキを焼いた時にこのひっくり返し方を披露して以来、「ポーンして！」とリクエストされるようになった。

あれで苦手な野菜も食べられるようになったんだっけね。

今日はおやつなので、生地には砂糖や牛乳を加えてある。

「まだかなまだかな」

「はやくはやく」

「そんなにすぐには焼けないぞ?」

カウンターに頬杖を突いたふたりは、バターと生地から漂ってくる甘い香りを思いきり吸いこみ、「ふわあぁぁ」と両手で顔を覆った。

「しあわせの、におい……!」

「ふわふわの、によい……!」

ぎゅっと目を閉じ、悶絶《もんぜつ》している姿に笑ってしまう。

「ふたりとも、気をつけてな。おいしいものを食べるとほっぺたが落ちちゃうから」

「えっ」

「えっ」

途端に、リーとルーは目をまん丸にしてこちらを向いた。

「おちちゃうの!」

「それは、こまる!」

ふたりは真剣な表情で顔を見合わせる。双子らしく、無言で「うんうん」「いやいや」と緊急会議を行った結果、両手で頬を押さえるという結論に達したようだ。

それじゃまるでおたふくじゃないか。

きょとんと僕を見上げるおたふくたち、もといリーとルーを見て、ついつい声を立てて笑ってしまった。

「そうだな。落ちたら困るもんな」

「ん！」

「ん！」

ふたりは満足そうにほっぺを押さえながらにこにこ笑う。

は～～～うちの子、かわいすぎない？　天才じゃない？

際限なくニヤけそうになるのをこらえて焼けたホットケーキを皿に移す。

ふんわりほかほかのケーキの上に、透き通ったルビー色のコンフィチュールをたっぷりかけて、仕上げにミントの葉をちょこんと飾れば特製おやつのでき上がりだ。

「はい。どうぞ」

目の前に皿を出すと、ふたりは「ふおお！」「うひょおお！」と頬を押さえるのもそっちのけで身を乗り出した。

「ナオ！　これ、たべていいの！」

「ニャオ！　ルーも、たべていいの！」

「いいよ。今日は庭の雑草取り頑張ってくれたからな。おかげで裏庭がすっきりしたよ。ありがとうな」

「んっ！」

「んっ！」

今日は、三人で庭をきれいにしたんだ。

いつもは〈クリーン〉や〈ウォッシュ〉なんかの生活魔法で助けてくれている子供たちだけど、残念ながら庭の雑草相手には効き目がない。

それでも諦めることなかれ。ふたりには草魔法がある。

草魔法を使えばとんでもないスピードで草木を生長させることができるように、枯らすことも思いのままだ。子供たちが草魔法を発動させた途端、みるみるうちに雑草が萎《しお》れて土に還《かえ》ったのは圧巻《あっかん》だった。

去年は僕が一本一本手で抜いたんだよ……。

それが一瞬で終わるんだから大したものだ。念のためステータスパネルも確認したけど魔力もほとんど消耗しないようだし、これからは定期的にお願いすることにしよう。

「いたーき、ますっ」

「いたーき、ましっ」

「はい。召し上がれ」

ぺこりと一礼するや、野獣に豹変したふたりは躊躇《ちゅうちょ》なくケーキにフォークを突き刺す。

そのまま皿の端までたぐり寄せると、口を近づけて「がぶっ」と齧《かぶ》りついた。

「こらこら。なんちゅうワイルドな食べ方するんだ」

それじゃ山賊《さんぞく》でしょうが。

「こうやって、まずは一口サイズに切ってな……って、全然聞いてないんだから」

リーもルーもホットケーキに夢中だ。

両手も口の周りも全部ベタベタにしながら限界まで口の中に詰めこむと、こちらを見てそれはそれはうれしそうに笑った。

「うんうん。おいしいな。良かったな」

「んふふふ！」

「んふふふ！」

でも、顔がリスみたいだぞ。

「ほっぺが落ちる話なんてあっという間に飛んでっちゃって……」

苦笑しながら手を拭いてやっていると、店のドアが開いた。

「こんにちは。お邪魔するよ」

「あ、アンナさん」

「おやおや。お取り込み中だねぇ」

リスのまま、ぐりんと顔を向ける子供たちを見てアンナさんが頬をゆるめる。

僕は布巾を置くと、カウンターを迂回してヴィヌマの瓶を受け取った。今夜あたり足りなくなりそうだったので、追加で数本お願いしておいたのだ。

「持ってきていただいてすみません。こちらから取りに伺うつもりだったんですが……」

「いいのいいの。ちょうど店も暇になったからさ。頼まれてた五本、確かにね」

「ありがとうございます。助かります」

アンナさんが一心不乱にホットケーキを食べるふたりを覗きこみ、さっきの僕のようにぷっと噴き出す。

「かわいいねぇ。ナオに作ってもらったのかい？　おいしそうだこと」

「うま！」

「うまま！」

「そうかいそうかい。良かったねぇ」

頭を撫でてもらって子供たちも大よろこびだ。

「アンナさんも召し上がりますか？」

「あはは。あたしの分はこの子たちに食べさせてやっとくれ」

せっかくそう言ってもらったので、代わりにモモネのジュースを出すことにした。

グラスにコンフィチュールのシロップと冷たい水を注ぎ、軽く混ぜただけで甘酸っぱい香りがふわんと立ち上ってくる。

「おいしい！」

一口飲むなり、アンナさんが明るく笑った。

「すっきりした甘さでいいねぇ。色もすごくきれいだし。ナオのところに来ると、いつもおいしいものにありつけるわ」

「ふふふ。よろこんでもらえて良かったです」

僕までご褒美をもらった気分だ。

えびす顔のアンナさんを見ているうちに、ふと、率直な意見を聞いてみたくなった。

「アンナさん。ちょっとご相談というか、聞いてほしいことがあるんですけど」

「どうしたんだい、あらたまって。子供たちの面倒ならいつでも見るよ」

「いえ、違うんです。実は、お料理教室をやってみようかなって思ってて……」

「お料理教室!?」

アンナさんが目を丸くする。

「あんたが作ってるような料理をあたしたちも作るって？　そんなの無理だよ。あたしが何回ポトフを失敗したと思ってんだい」

「あ、いえ。そうじゃなくて……簡単な保存食を作る方法をお伝えできたらなって」

「……保存食？」

首を傾げるアンナさんに構想を話す。

はじめはきょとんとしていた彼女も次第に真剣な顔になり、最後にはカウンターの上に身を乗り出した。

「いいじゃないか！」

「本当ですか」

「もちろんだとも。すごくいいアイディアで助かるよ」

聞けば、奥様たちの間でも「どうやったら野菜を日持ちさせられるか」が話題になっていたそうだ。

「最近はマーケットに入ってくる野菜も少なくなったじゃないか。だから、売ってる時に買い溜めするんだけど、すぐに悪くなっちゃってさ」

「置いておくと萎《しな》びちゃいますもんねぇ」

「水に挿しておいたところで大して長持ちしなくって」

「そうそう。わかります」

この世界に冷蔵庫があれば良かったんだけどね。

そもそも電気自体がないし、ガスも水道もない。温度管理なんて概念はないし、ものを冷やしたければ井戸か川の水に浸すくらいしか方法がない。

マジックバッグがあれば長期保存も温度管理もお手のものだけど、そもそも時空魔法は誰もが使えるものではないし、それに無限収納とはいえ、町中の人たちの冷蔵庫代わりになるのはさすがに無理がある。

「うちの酒蔵はひんやりしてるから、本当はあそこを夏場の貯蔵庫にしたいんだけど……万が一ヴィヌマの発酵《はっこう》に影響したらと思うと怖くてね」

「アンナさん自慢の大切なお酒ですもんね」

「だから困ってたんだよ。あんたが考えてる、そのお料理教室で作った料理っていうのは日持ちがするんだろ？　だったら野菜そのまま置いとくよりずっといいよ」

「ものによって保存できる日数は変わりますけど、少なくとも今より長持ちするはずです。それに作り置きしておけば組み合わせ次第でレパートリーも増えますし、いつでもサッと食べられるので、家に帰るのが遅くなった日なんかにも重宝《ちょうほう》すると思いますよ」

「それそれ。そういうのがいいんだよ！」

アンナさんが「ブラボー！」とばかりに両手を掲げる。

仕込みの時期は一家総出で朝から晩まで蔵に籠《こ》もり、ヘトヘトになって家に戻ってからご飯の支度をするのがとても大変だったそうだ。もしかしたら野菜を長持ちさせる話よりこっちの方がアンナさんには刺さったかもしれない。

「ぜひやっておくれ、ナオ。人助けだと思って」

「そんな大袈裟《おおげさ》な……」

「大袈裟なもんか。あたしの精神が救われるよ。これでもう怖いもんなしさ」

アンナさんがニカッと白い歯を見せる。

まったくもう、いい顔で笑うんだから……。

でも、おかげで自信を持ってはじめられそうだ。

そうと決まれば善は急げで、その場で『常温で日持ちする保存食』のレシピをいくつか紹介し、奥様目線で三つ選んでもらった。「これがありゃ百人力だね！」との力強い太鼓判つきだ。

驚いたのは、その日のうちに話が広がったこと。あっという間にクチコミで拡散され、奥様たちの間で噂になり、翌日には参加枠が満員御礼となった。

このスピード感！

さすがイアの広告塔、頼りになります。

そんなわけで、その週の六日目に、満《まん》を持《じ》してお料理教室が開催される運びとなった。

リッテ・ナオに集まってくれたのは総勢十名。

いずれも店に食べに来てくれたことがある人ばかりで、何人かは毎日顔を合わせているマーケットの売り子さんだ。中には、僕がはじめて買いものに行った際、ベルーナというパプリカに似た野菜を勧めてくれた女性もいた。

あれで子供たちの野菜嫌いが直ったんだっけ。だから、僕の中では勝手に戦友のような気持ちでいる。

「久しぶりだね、ナオ。アンナに聞いて楽しみにして来たよ。うちで扱ってるベルーナも使ってもらえるとうれしいんだけど」

「もちろんです。とっておきのレシピをご用意してますよ」

「本当かい？　そりゃますます楽しみだわ」

ベルーナ売りの奥さんが人懐っこい笑みを浮かべる。

見知った顔を見つけ、子供たちもトテテテと駆け寄ってきた。

「リー、きのう、ベルーナたべた！」

「ルーも、たべた！」

「おや、リーちゃん、ルーちゃん。ベルーナおいしかったかい？」

ふたりは頭を撫でてもらってご機嫌だ。マーケットでは行く先々で構ってもらえるのを楽しみにしている子供たちだけど、今はさしずめその逆バージョンってやつだろう。

さて、と。

僕は店の真ん中に立つと、十人のご近所さんという名の生徒さんを見回した。

「皆さん。本日は、リッテ・ナオのお料理教室に来てくださってありがとうございます。わからないことがあったら遠慮なく訊いてください。楽しんでもらうのが一番ですから。それから、参加されていない方にもレシピを教えてあげてください。みんなでこの苦境《くきょう》を乗り越えていきましょう」

いっせいに拍手が起こる。

「でも、いいのかい。プロのレシピなのに」

「僕も人に教わったものです。生活の知恵みたいなものですから」

「わたしにもできるかしら……。恥ずかしいんだけど、とっても不器用なの」

不安そうな顔をしているのは鍛冶屋《かじや》の奥さんだ。

少しでも安心してほしくて、僕は力強く頷いた。

「もちろんです。難しいことはしませんし、大きさが不揃いだって全然問題ありません。でき上がりを楽しみに頑張りましょう。どれもヴィヌマによく合いますよ」

「なんだって！　そんなこと言われたら、是非《ぜひ》でもみんなに覚えてもらわなくっちゃ」

「もう。アンナったら」

早々に鼻息を荒くするアンナさんにみんなが笑う。

うんうん。いい雰囲気だね。

「それじゃ、さっそくはじめましょうか」

カウンターをぐるりと回って厨房に入る。

生徒さんたちには椅子に座ってもらったり、あるいは僕の手元を覗きこみやすいようにカウンター越しに立ったりと、それぞれ好きなようにスタンバイしてもらった。

「まず最初に、気をつけてほしいことを二点お伝えします。これを守らないとせっかくの保存食が腐ってしまうので大事なポイントですよ。それは、水分と空気です」

リーに〈ファイア〉をお願いし、水の入った寸胴鍋《ずんどうなべ》を火にかける。

続けて僕が「タイム、〈フォワード〉」すれば、あっという間に熱湯のでき上がりだ。

「……えーと、皆さんがやる時は地道に沸かしてくださいね」

「いいねぇ。ナオは」

ドッと笑いが起きる。

ですよねぇ。

僕も笑いながら三十個ほどの小瓶を取り出し、沸騰したお湯に沈めた。

「保存食を入れる瓶は、こうやってしっかり煮沸《しゃふつ》消毒してくださいね。それが終わったら清潔な布巾《ふきん》の上で乾かして、完全に乾燥させてから使うこと。水分が残ると腐敗《ふはい》の原因になります」

さっきの今でアレですけど、ここもショートカットで失礼します。

タオルの上に並べた小瓶を一瞬で乾かすと、次に、あらかじめ作っておいたピクルスの大瓶をマジックバッグから取り出した。

「作ったものは熱いうちに、空気が残らないように瓶の容量いっぱいまで詰めてしっかり蓋を閉めてください。空気が入っても腐敗の原因になってしまうので」

ニンジンやカリフラワーなど、色とりどりのピクルスを瓶の口ぎゅうぎゅうまで詰めてみせる。

「こんな感じです」

「こんなにぎっちり入れるのかい」

「へぇ。漬け汁も一緒に入れるのね」

生徒さんたちはメモを取りながら感心したように頷いている。

こうして一通りの説明が終わったところで、いよいよ調理開始となった。

「それでは、ここから実際に作っていきましょう。今日は三つのレシピをご紹介します。まずは簡単なザワークラウトから」

よくソーセージの名脇役としてついてくるアレ。

キャベツの酢漬《すづ》けで知られているけど酢を使うわけじゃない。乳酸《にゅうさん》発酵で酸っぱくなるだけで、実際に使うのは塩と水だけだ。

どうせなら見た目が華やかな方が作るのも食べるのもテンションも上がるだろうから、今日はガーベン、いわゆる紫キャベツを用意した。

「まず、ガーベンをこんなふうに千切《せんぎ》りにします。太さはお好みで。しっかり塩で揉んで、浸るくらいの水に漬けてもらえばオッケーです」

ふんふんと聞いていたアンナさんが、動きを止めた僕を見て怪訝《けげん》な顔をする。

「……それから？」

「終わりです」

「嘘だろ！」

みんなが目を丸くした。

うんうん、その気持ちはよーくわかります。僕だって作り方を知った時には驚いた。

「こんなの、ただの塩辛い水浸しのガーベンじゃないか」

「そう思うでしょう？　でも、五日も置けば食べ頃になるんですよ。乳酸発酵でほんのり酸味が生まれて、つけ合わせに重宝します。……試食をどうぞ」

作っておいたザワークラウトを試食用の小皿に取り分ける。

生徒さんたちはそれを一口食べるなり、またも驚きに目を瞠《みは》った。

「あら、酸っぱい！」

「でも嫌な酸っぱさじゃないよ。さっぱりするね」

「そうなんです。こってりした肉料理によく合いますよ。ガーベンなら安定してたくさん採れますし、作り置きにもうってつけです。塩揉みすればカサも減りますし」

「いいこと教えてもらったわ。さっそく作らなくっちゃ」

頷き合うのを見ているだけで、僕までうれしくなってくる。

「それじゃ、次はピクルスを作りましょう」

「これも簡単かい？」

「ええ、もちろん。ザワークラウトよりちょっとだけ手がかかりますが、いろんな野菜を楽しめますよ」

まずは好きな野菜を食べやすい大きさに切り、塩茹でするところから。

ニンジンやカリフラワー、セロリ、パプリカなんかの歯応えのあるものがオススメだ。オレンジに白、緑、黄色と色とりどりの野菜で作ることで保存している間も目で楽しめる。ベルーナ売りの奥さんもにこにこしながら説明に耳を傾けてくれた。

「野菜を茹でながら、別の鍋でピクルス液を作っていきます。ここでホワイトヴィヌマで作ったお酢の出番です」

「よっ！ 待ってました！」

アンナさんのかけ声にみんながドッと沸く。

僕も一緒になって笑いながら小鍋にビネガーを注いだ。そこに水、砂糖、塩、それからローリエ代わりの香草を二枚、ピンクペッパーを十粒、乾燥レモングラスの代替ハーブを少々入れて火にかける。

「この頃はハーブも手に入りにくくなりましたけど、もし、こういう香りのものがあればお好みで入れてみてください。その方が風味が増します」

今回使ったものを順番に回して香りをかいでもらう。

ハーブはひとつひとつが効能も香りも違うし、本当は「これ」と指定できたらいいんだけどね。事態が事態だけになんでもござれだ。

「こんな感じでピクルス液ができたら、茹でた野菜を熱いうちに瓶に入れて、その上からゆっくり注ぎ入れます」

そこまでやってみせたところで、生徒さんの中から手が挙がった。

「あの、変なこと訊くんですけど……最初からピクルス液で野菜煮ちゃった方が早くないですか？」

「うんうん。確かにそうしたくなりますよねぇ。でもこれ、結構大事なポイントなんです。最初からピクルス液で野菜を煮たら……皆さん、どうなると思います？」

「火が通る頃には、味が濃くなるんじゃないかい？」

「じゃあ、先に野菜を塩茹でしておいて、その後で一緒に煮込んだら？」

「今度は野菜がグズグズになるような……」

「はい。アンナさん、両方とも大正解」

パチパチと拍手を送ると、アンナさんは照れくさそうに笑う。

質問してくれた女性も「なるほど」と頷いた。

「ピクルスのポイントは温度です。あたためた野菜やピクルス液が冷める時に、浸透圧《しんとうあつ》で味が入って馴染むんですよ。それでシャキシャキした歯応えを残しながら、しっかり味が染みた保存食になるんです」

「よくできてるねぇ」

瓶の口いっぱいまでピクルス液を注ぎ、時空魔法で冷ましてから蓋をする。

「翌日以降、味が染みておいしくなります。日の当たらないところで数日は保ちますよ。

ただし、どんどん酸っぱくなるので長期保存せずに食べ切ってください。そうしないと、『忘れてた！』って頃のものを半泣きでやっつけることになるので……」

悲しいかな、実体験だ。

こちらも試食を出すと、生徒さんたちは我先にと手を伸ばした。

「おいしい！　こっちは甘酸っぱいのね」

「ナオの言うとおり、食感が残っているのがいいわ。食べ応えもあって」

「それに色とりどりでかわいいねぇ。これ、チビちゃんたちも食べるかい？」

名前が出た途端、隅っこでおとなしくしていたふたりがビクッとなる。

「ナオ…」

「ニャオ…」

まったくもう、情けない声出しちゃって。

「大丈夫だよ。無理にとは言わないから」

僕は笑いそうになるのをこらえ、ふたりの頭をわしゃわしゃと撫でた。

「その様子だと食べなさそうだね」

「残念ながら、酸っぱいもの全般が苦手みたいなんですよね。さっきのザワークラウトも食べた途端、ベーって」

「あはは。子供のうちはどうしてもね」

「酸っぱいものや苦《にが》いもの、辛《から》いものは苦手なんですよね。僕もそうでした」

梅干しや酢の物をおいしいと思えるようになったのは成人してからだったし、レモン味のお菓子でさえ身構えながら食べていた。苦いものなんて言語道断！　辛いものも子供のうちはダメだったっけ。

「大人になると好きになるんだよねぇ。あたしにはちょうどいいわ」

アンナさんがうれしそうにベルーナを口に放りこむ。

あっという間に試食タイムを終え、いよいよラストの三品目になった。

「それじゃ最後に、ラタトゥイユをご紹介します。さっきの二品はつけ合わせや前菜向きでしたけど、これは立派なメインになりますよ」

生徒さんたちの目が俄然《がぜん》輝き出す。

ごはんの仕度って大変だもんね。時間のある時にまとめて作っておくことで、少しでも楽になったと感じてもらえたら御《おん》の字だ。

「まずは、野菜を食べやすい大きさに切ります。お好みでいいですよ」

今日は定番のナスやズッキーニ、それにベルーナ、タマネギに似たディールという香味《こうみ》野菜を用意した。

「お鍋は深めのものをふたつ準備してください。最初にソースを」

鍋に油とニンニクを入れて弱めの中火にかけ、香りが立ったところで潰したトマトと水、塩胡椒《こしょう》、砂糖に、ストックしておいたローネルの根、セラディウムの葉、メントゥム草をブーケガルニにして放りこむ。

途中でハーブ類を取り出したら、あとは弱火で煮詰めるだけだ。

その間に別の鍋に油を熱し、野菜を素揚げにした。こうすることで形をきれいに残したまま火を通せるし、全体的にコクや旨味《うまみ》もアップする。

「素揚げした野菜をソースの鍋に移して、軽く煮込めば完成です。熱いうちに瓶に詰めて蓋をすれば二週間は持ちますよ」

冷暗所なら一ヶ月はいけると思うけど、冷蔵庫がないので期間はグッと縮まるだろう。

それでも、生徒さんたちからは歓声が上がった。

「そんなに持つのかい！」

「助かるねぇ。食べる時はあたため直して？」

「ええ。あたためてもいいですし、そのままでも。焼いた肉に乗せればボリュームのあるソースになりますし、パンとヴィヌマを添えるだけでも立派な食事になります」

「そんなの最高じゃないか」

アンナさんはもうメロメロだ。

笑いながら試食を出すと、さっきまでとは比較にならない早さで手が伸びてきた。

「おいしい！」

「野菜が甘くていいねぇ。揚げてあるからコクもあって」

「僕も好きな料理なんです。もちろん子供たちも。なー？」

顔を覗きこむと、さっきまでとは打って変わってふたりは目を輝かせた。

「ん！　リー、すき！」

「ルーもすき！　ニャオもすき！」

「あっ、リーもだよ！　リーもナオすき！」

「ルーのほうが、すき！　いっぱいだいすき！」

「あっはっはっ。ナオ、あんたモテモテじゃないか」

とうとうアンナさんが噴き出す。

それにつられるようにしてみんなも笑った。もちろん僕もだ。

「ありがとうな。僕もリーとルーがいっぱい大好きだよ」

右手をリーに、左手をルーに伸ばしてわしゃわしゃと頭を撫でてやる。

それから僕はあらためて生徒さんたちに向き直った。

「今日ご紹介した三品はこちらの瓶に詰めますね。ひとり一種類ずつ持って帰って、ぜひご家族と一緒に食べてみてください」

作りたてのザワークラウト、ピクルス、ラタトゥイユを先ほど消毒した小瓶に詰める。

明日には食べ頃になるであろうピクルスとラタトゥイユはそのまま、ザワークラウトだけ

「タイム、〈フォワード〉！」で調整した。

残りは店で使っている皿に移して、お楽しみの実食タイムだ。せっかくだし、いつもの食事に近いイメージで味わってみてほしかったからね。

生徒さんたちをテーブルに促し、ひとりひとりに皿を出す。

ザワークラウトはこんがり焼いたソーセージのつけ合わせに、ピクルスはメノウというニジマスに似た大衆魚のソテーとともに。ラタトゥイユにはアンナさんのレッドヴィヌマ、それにハンスさんのパンを添えて。

あくまでも味見なのでひとつひとつは少量だけど、皿を出すたび大歓声に迎えられた。

「おいしい！　こんな食べ方があったなんて」

「こうやって組み合わせて食べるのもいいわねぇ」

「しかも、食べたい時に瓶を開けるだけでいいなんてもう最高だよ。お楽しみにしこたま仕込んでやるわ」

パンにラタトゥイユを乗せながら、アンナさんが「そうだ！」と目を輝かせた。

「思ったんだけどさ。これ、他の野菜で試してもいいんじゃない？」

「えぇ、ぜひ。季節に合わせてもいいですし、お家にあるものなんでも」

「ちょっと辛くしたりするのはどう？」

「それもおいしいと思います。でも、お酒が進みすぎるかもしれませんよ」

「そりゃますます作らなくっちゃ」

悪戯《いたずら》っ子のような笑みを浮かべるアンナさんにみんなが笑う。

食料が乏しくなっても困らないようにと企画したお料理教室だったけど、思った以上によろこんでもらえたみたいだし、あとは暮らしに役立ててもらえるよう願うばかりだ。

こうして、楽しいホームパーティと化した教室は無事に幕を下ろした。


後日――――。

噂はあっという間に町に広がり、「私も保存食のことが知りたい！」という参加希望者がリッテ・ナオに殺到《さっとう》した。

まさか、こんなことになるなんて……！

『取っておける』『いつでも食べられる』って、やっぱり大きな価値なんだなぁ。

そんなこともあり、一度で終わるはずだったお料理教室は第二回、第三回と回を重ね、やがて毎週六日目に定期開催されることとなるのだった。

4. お野菜作りもはじめました

あれから、イアではちょっとした保存食ブームが起きた。

アレンジレシピも流行《はや》っているそうで、この組み合わせがおいしかった、こんな工夫をするといいなど、いろんな人からアイディアを教えてもらえるのも楽しい。中には思いもよらない提案もあって新鮮だったし、なによりいい刺激になった。

料理教室で出したザワークラウトやピクルスは店のメニューにも加えさせてもらったよ。こちらも、ありがたいことに評判は上々だ。

次はどんなものを作ろうか。

またいくつかレシピを用意して、アンナさんに相談に乗ってもらおうと考えていると、裏庭で遊んでいた子供たちが店に駆けこんできた。

「ナオ！」

「ニャオ！」

「うん？　どうしたふたりとも、真剣な顔して」

カウンターをぐるりと回り、目の高さを合わせるためにしゃがみこむ。

ふたりは互いに顔を見合わせると、意を決したように頷いた。

「ナオ、おやさい、ほしい？」

「うん？」

「ルー、おやさい、つくる！」

「えっ？」

どういうことだ？

頭上に「？」マークを飛ばしてぽかんとした僕は、しばらくしてハッと思い至った。

「もしかして、草魔法で育てるのか？」

ふたりがぶんぶん頷く。

「ナオ、うれしい？」

「うん。そりゃうれしいけど……でもびっくりしたな。急にそんなこと言い出すなんて」

「ニャオが、えらかった、から」

「みんなが、うれしかった、から」

ふたりはそう言って棚の上を指さす。お料理教室で作ったピクルスの瓶だ。

もしかして、僕が町の人たちに保存食の作り方を教えているのを見て、自分たちも役に立とうと思ったのか？　まだこんなに小さいのに？　僕のために？

「リー！　ルー！」

「わっ」

「わわわっ」

ふたりをぎゅううううっと抱き締めた。

まったくもう、なんていい子たちなんだ……！

うれしくなってふわふわの髪に頬擦りすると、リーとルーは「きゃー」とかわいい声を上げながら身を捩《よじ》った。

ひとしきり堪能《たんのう》させてもらった後で、一息ついて身体を離す。

「ふたりとも、本当に偉いな。よく思いついたな」

「うふふ」

「えへへ」

子供たちは少し照れくさそうに、でもとても誇らしげに胸を張った。

これまで雑草をなんとかするために草魔法を使ってもらったことはあったけど、野菜を育てるという発想はなかった。でも、この試《こころ》みがうまくいけば鬼に金棒かもしれない。

「あ、そうだ。念のため……」

ふたりに「ちょっと待っててな」と言い置いて、僕はその場に立ち上がる。

『ねぇ、ランラン』

『はい。なんでしょう』

心の中で話しかけると、すぐに頭の中に直接応答があった。

『草魔法で野菜を育てることってできるよね？』

『ええ、できますよ。ただ、枯らすより育てる方がより多くの魔力を消費すると思うので、その点は気をつけてあげてください』

『あぁ、そっか。そうだよね。気をつける。都度ステータスパネルで状態を確認しながら進めることにするよ』

『そうしてあげてください。きっとふたりとも、大好きなナオさんのお役に立とうとして頑張りすぎちゃうと思うので。ぼくみたいに』

いやに説得力のある言葉だなぁ。

ぷっと噴き出すと、それを見たランランも『うふふ』と笑った。

『とりあえず、気をつけるポイントはわかったよ。ありがと』

ランランの気配がすうっと消える。

それを待って、僕は子供たちに向き直った。

「よーし。それじゃ、やってみようか」

「おー！」

「おおー！」

三人で「えい、えい、おー！」をして作戦開始。

汚れてもいい服に着替えて裏庭に回った。

まずは棒きれで目安の線を引き、ざっくりと畑の区画を作る。

次に、鍬《くわ》で土を耕した。

ちなみにこの鍬はノワーゼルさんの置き土産《みやげ》だ。「裏庭で家庭菜園ができないもんか」と子供たちと同じことを考えて買ったはいいものの、忙しさに感《かま》けているうちに身体の方が言うことを聞かなくなったとかで、眠らせてあったのをありがたく譲り受けていた。

みんな、考えることは同じなんだなぁ。

長いこと手つかずだったためか土はとても硬く、掘り返すだけでも一苦労だった。石や煉瓦の破片がゴロゴロ混ざってるし、これは土壌を整えるだけでも大変そうだ。

ヒイヒィ言いながらゴミを取り除き、子供たちが小石を拾い集めてくれている間に僕は土に肥料《ひりょう》を混ぜる。店で出た廃棄物や野菜の皮なんかを「タイム、〈フォワード〉！」してサラサラにしたものだ。

そんなこともできるなんて、ほんと時空魔法って便利だよね。

堆肥《たいひ》を撒《ま》き終わったら土地自体の時間を二週間ほど進め、やっとのことで土壌《どじょう》の完成。

そこに種を植える溝を掘った。

「ふー。こんなもんかな。痛てててて……」

身体を起こした途端、曲げっぱなしだった腰が悲鳴を上げる。

そんな僕を見て、子供たちは無情にもさっそく真似《まね》をはじめた。

「いててててー」

「ニャオ、いてててて」

「おいおい。もうちょっと格好いいところを真似してくれ」

がっくり肩を落とす僕にリーとルーがきゃっきゃと笑う。

まぁ、元気がいいのはいいことだ。

ふたりに苦笑しつつ、僕は鍬とセットでノワーゼルさんにもらった小袋を取り出した。

中にはマールの種、つまりトマトの種が入っている。

初心者でも育てやすいからと買っておいたものなんだそうだ。

その場にしゃがみ、手のひらに種を出すと、子供たちが興味津々で覗きこんできた。

「自分で植えてみるか？」

そう言った途端、ふたりはパッと顔を輝かせる。

「やるやる！　リー、やる！」

「ルーもやる！　ルーもだよ！」

「わかったわかった。落ち着いて」

鼻息荒くしがみついてくるのをなんとか制して、まずはお手本を見せた。

「こうやって、溝の中にひとつひとつ種を入れる。少しずつ離してな。わかった?」

「わかった!」

「わかった!」

「よし。さっそく植えてみよう」

リーとルーがそれぞれ僕の手から小さな種を摘まみ上げる。

そうして見たこともないような真剣な顔でそーっと溝の中に落とした。

「これは? これは?」

こちらを見上げたリーの目が、どうだった? と訊いてくる。

「うんうん。上手にできたぞ」

「ニャオ! ルーは? ルーも?」

「どれどれ。うん。ルーも上手だ」

「ふふー!」

ひとつ植えてはひとつ褒め、一歩横にズレてはまたひとつ植えるをくり返す。

すべての種を植え終えた後は土を被せ、たっぷり水をやって種蒔《ま》きまでが完了した。

さぁ、ここからがメインイベント。

「リー、ルー。草魔法の出番だぞ」

ふたりはこくんと頷き、畑に向かって両手を広げる。

「んんん……」

「んんんん……」

集中して魔力を練っているのか、子供たちの顔は真剣そのものだ。

手のひらにじわじわと光が生まれ、いつしかふたりの身体を眩《まばゆ》く包みこんでいった。

「うわ…」

なんか、すごいことになってきたぞ。

驚きに目を瞠《みは》った、その時だ。

「んんん……んーっ！」

「んーっ！」

ふたりが光を放った瞬間、ポン！　と小さな芽が飛び出した。

「えええっ！」

思わず大きな声が出る。

だって、さっき植えたばかりなんだよ？　それなのに、もう芽が出るなんて！

よくよく観察してみると、ひょろりと伸びた茎の上には双葉まで顔を出していた。

「すごいな！　リー、ルー！」

ふり返って大声で褒めると、ふたりは一瞬ぽかんとした後、「ふへへへ」「もへへへ」とくねくねする。照れた時の癖なのだ。

「リー、すごい？」

「ルーも、すごい？」

「うんうん。すごいすごい。めちゃくちゃびっくりした」

そう言うと子供たちは顔を見合わせ、僕に向かって得意げに笑った。

「ナオ、もっとみたい？」

「ニャオ、もっとみせてあげる」

「え？」

宣言するや、リーとルーはふたりの力をひとつに集めるようにガシッと手をつなぐ。

そうしてそのまま畑に向かって手を翳《かざ》した。

「おおきく、なーれ……おおきく、なーれ……」

「おおきく……なーれっっっ！」

「うおっ」

ドドドドドッ！

魔法の発動とともに、地鳴りのような音を立てて土がいっせいに隆起する。裏庭全体がボコボコッと生きもののように大きくうねった。

ひょろりとしていた茎はあっという間に逞しくなり、かわいらしい双葉の上に何倍もの立派な本葉が茂る。みるみるうちに僕の腰ほどの高さに育ったマールは青い実をたわわにつけた。

裏庭が緑で埋め尽くされた光景はまさに圧巻の一言だ。

最後の仕上げとばかりに子供たちが手をふると、青い実は瞬く間に真っ赤に熟した。

「うっひゃー……！」

だが、目を瞠った直後。

「ふわ…」

「ほわ…」

まるで風船の空気がシューッと抜けるようにリーがその場にへたりこむ。ルーも同じくヘナヘナとしゃがみ、後ろに向かってコロンと転げた。

「わっ。どうした、急に」

慌てて子供たちを抱き起こす。

「大丈夫か、リー。ルー」

「へへへ。リー、ころんだ」

「ルーも、ころんだ」

「すってんころりん」

「ころころころりん」

心配する僕をよそに、立ち上がったふたりは楽しそうだ。

でも、そのわりに目の焦点が合ってないような……。

「リー、僕の顔じっと見てごらん？」

「ん？」

うーん。手を握ってないとフラフラするな。

「ルー、僕の指の先じっと見て？」

「んー？」

視点を集中させようとするとますます身体が揺れる。

これはちょっと拙《まず》いかもしれない。

「ステータス、〈オープン〉！」

鑑定スキルを発動させると、目の前に半透過《はんとうか》のステータスパネルが現れた。状態確認やお金の管理、さらには資料集としても使える優れものだ。

健康ステータスをチェックしてみると、案の定ふたりの魔力値が大幅に下がっていた。

おそらく、力を使いすぎてガス欠《けつ》を起こしたのだろう。

一気に大きくしたりするから……。

だけどそれは、僕に見せたかったからだ。ランランが『頑張りすぎちゃうと思う』って言ってた意味がよくわかった。

「ごめんな。僕がもっと注意しておくべきだったよな」

やさしく頭を撫でてやると、子供たちはきょとんと首を傾げる。

「リー、だいじょぶだよ」

「ルーも、だいじょぶだよ」

「ナオ、げんき、だして？」

「ニャオに、〈ヒール〉、する？」

「ありがとうな。気持ちだけ受け取っておくよ。今は、リーとルーが元気になる方が先」

ふたりを日陰に連れていき、少し休憩することにした。

今日はずいぶん頑張ってくれたからな。お疲れさまのビールならぬ、ふたりの大好きなリンゴジュースだ。それも、僕が搾《しぼ》っておいたとっておきだぞ。

マジックバッグからよく冷えたジュースの瓶を取り出すと、子供たちは「おおお！」と目を輝かせて飛びついてきた。

「ナオ！　ナオ！」

「ニャオ！　ニャオ！」

「はいはい。慌てるな。ほら、どうぞ」

ひとりずつコップに注いで出してやると、ふたりはごくごくと喉を鳴らして一気に飲み干す。その勢いといったらまさに『お疲れさまのビール』みたいだ。

「ぷはー！」

「ぷはー！」

「ふふふ。おいしかったか？」

うんうん。満面の笑みがそれを物語ってるね。

僕は使い終わったコップを回収すると、あらためてステータスパネルをチェックした。

リーもルーも糖分を取ったおかげで少しだけエネルギーが回復したようだ。

「ふたりとも元気になって良かった。僕は、元気なリーとルーが大好きだから」

顔を覗きこむと、子供たちもにぱっと笑う。

「リーも、げんきなナオ、すき」

「ルーもだよ。ルーも、げんきなニャオ、すき」

「うんうん。だから、次からは気をつけるんだぞ。一度にたくさんの魔力を使うと、今日みたいにすってんころりんだからな」

「わかった」

「わかった」

「よしよし。いい子だ」

ふたりの頭をわしゃわしゃと撫でてやった後で、僕は再び立ち上がった。

「それじゃ、これから収穫しよう。ふたりはどうする？　疲れてたら休んでてもいいぞ」

「やる！」

「ルーも！」

「よし。じゃあ、三人でやろう」

もう一度、今度は収穫の「えい、えい、おー！」をすると、再び三人で畑に入った。

「ふたりとも、自分で採ってごらん。こうやるんだ」

まずは見本を見せてやり、次に背中をポンと押す。

リーはごくりと喉を鳴らしてから、おそるおそる真っ赤なマールに手を伸ばした。

「こ、こう……？」

「そうそう。上手だよ」

「ニャオ、ルーもとっていい？　いい？」

「あぁ、いいよ」

頷くなり、ルーはなんの躊躇《ためら》いもなく大きなマールをわしっと掴む。慎重派のリーとは正反対だ。

こんなところにも性格の違いって出るんだなぁ。

子供たちを微笑《ほほえ》ましく見守りながら僕もひとつ実をもぎる。

せっかくなので、採れ立てのマールを洗って、三人で味見をしてみることにした。

「いただきまーす」

齧りついた途端、皮のパリッとした歯応《はごた》えに続いて爽やかな甘みと酸味、それにトマト特有の青い風味が口の中いっぱいに広がる。調理されたものもいいけど、採れ立て新鮮な野菜は格別だ。鼻腔を抜けていく香りがまた心地いい。

「うん。これはおいしい！」

「うまー！」

「うままー！」

子供たちも大絶賛だ。

「な、ほんとにおいしいな。ふたりが頑張ってくれたおかげだな」

「うふふ」

「えへへ」

しばらくマール料理が楽しめそうだ。

ペロリと食べ終わった後は手を洗い、あらためて収穫作業に取りかかった。今が成長のピークだろうから、とりあえずマジックバッグに入れて保存しておこう。

大きな籠《かご》を用意して、その中に次々とマールを入れていく。

そうだ。せっかくだし、アンナさんやハンスさん、ご近所さんたちにお裾分けするのはどうだろう。これだけの量をまた作れるわけじゃないから、一回限りになってしまうかもしれないけど。

そんなことを考えていると、通りの方からにぎやかな話し声が近づいてきた。

「よう。兄弟！」

「あ、ハンスさん」

なんというグッドタイミング！

「ユルゲンさんも。珍しく皆さんお揃いですね」

「今日は商工ギルドの集まりがあってよ。その帰りなんだ」

ハンスさんの後ろには魚屋さんや肉屋さん、それに鍛冶屋さんの姿もある。ギルド長であるユルゲンさんはこれから城壁門のダーニさんのところに行くんだそうだ。

挨拶をしていると、ハンスさんが僕の肩越しにひょいと裏庭を覗きこんだ。

「なぁそれ、もしかして畑か？」

「そうなんです。子供たちが頑張ってくれまして」

「おいおい。いつの間に作ったんだよ」

「えーと、さっきの間、と言いますか……」

みんなの頭上に「？」が飛ぶ。

僕が子供たちの草魔法のことや、今日あったことを掻い摘まんで話した途端、旦那衆の目の色が変わった。

「なんだって！　そりゃすげぇ！」

「魔法で野菜が作れるんなら、農地がダメになっても救いがあるな」

「なぁ！　ディールを頼む。最近仕入れが難しくてよ」

「俺のディンケル小麦も頼むぜ、兄弟」

いっせいに詰め寄られ、思わず「うっ」と仰け反った。なにせ全員僕より十五センチは大きく身体もがっしりしている兄貴たちだ。その迫力ったらとんでもない。

「あ、あのっ、落ち着いて……」

まずはいったん下がっていただいて、それからひとりひとりに採れ立てのマールを三つずつ配った。

「良かったらどうぞ。ちょうど、ご近所さんに差し上げようと思っていたんです」

「いいのか？」

「ええ、もちろん。……本当は町中の皆さんに配れたら良かったんですけど、子供たちの魔力的にも体力的にも難しそうなので、これは『内緒のお裾分け』ってことにしておいてください」

誤解してほしくないので、リーとルーがフラフラになった話も打ち明ける。

するとと途端に、ハンスさんたちは『お父さん』の顔になった。

「そいつはいけねぇや」

「こんな小さな子供に無理させるわけにはいかねぇよ」

「さっきは軽い気持ちで『ディールを頼む』なんて言っちまったが、忘れてくれ」

「皆さん……」

自身の子供に重ね合わせるところもあるんだろうか。

そんなやり取りを見ていたユルゲンさんが白い顎髭を撫でながら目を細めた。

「ナオを驚かせたかったんじゃろう。頑張ったのう、リー、ルー。大したもんじゃ」

褒められたふたりは有頂天だ。

さっきまで僕の後ろでチラチラと様子を見ていたのが嘘のように、ひょいと輪の中心に飛びこんできた。

「リー、ほかにも、できるよ！」

「ルーも、なんでも、できるよ！」

「おお、おお。こりゃ頼もしいの」

バンザイするように両手を掲げ、ポーズを決めた子供たちにみんなが笑う。

それを歓迎の合図と受け取ったらしいふたりは、得意のモノマネを披露しはじめた。

「おじいちゃんのー、おひげはー、ヤギのひげー」

「メエェ！　メエェ！」

「ハンスさんのー、うではー、とってもかたいー」

「ムキッ！　ムキッ！」

「ナオのー、おなかはー、ぽよんぽよんー」

「ぽよん！　ぽよん！」

「ちょっと！」

ドサクサに紛れてなんちゅうこと言うんだ。

大慌てで子供たちの口を押さえにかかる僕を見て、みんながいっせいに噴き出した。

「あっはっは！　子供は正直だなぁ、おい」

「この際鍛《きた》えようぜ。ナオ」

「鍛えてますよ、これでも。筋肉のつきにくい体質なんですっ」

子供の頃から勇者に憧れてたって言ったでしょうが。ヒョロヒョロなのは僕のせいじゃないんですっ。ましてやぽよんぽよんなんてしてませんっ！

焦る僕とは正反対に、子供たちはきゃっきゃっと大よろこびだ。

君たち、悪魔の尻尾が見えてるよ！　それでもやっぱりかわいいけど……！

ひとり悶える僕をよそに、鋭い切れ味を見せるモノマネ大会はその後もにぎやかに続くのだった。

お野菜作りから数日が経ったある日。

お昼頃からポツポツと降り出した雨は、夜には本格的な土砂降りになった。

大通りには人影もない。

訪ねてくるお客さんもおらず、待ちくたびれた子供たちは二階でふて寝することにしたようだ。

「まぁ、この天気じゃしょうがないよな」

さっきから雷がゴロゴロ鳴っている。

こんな悪天候の日に、わざわざ出かけようと思う人はいないだろう。

さっさと明日の仕込みを終わらせて、僕も早めに寝てしまおうかと思った時だ。

「すまない。入ってもいいか」

店のドアが開いたかと思うと、全身ずぶ濡れのラインハルトさんが顔を覗かせた。

「うわ。こんな日に大変でしたね。どうぞどうぞ、早く中へ。拭くものを持ってくるので待っててください」

大急ぎで二階に上がり、山ほどのタオルを抱えて戻る。

まずは床の上にボロ布を敷き、装備を外して並べてもらった。雨を吸って重たくなった革をとにかく早く乾かすためだ。次にぐっしょり濡れたマントやローブを脱いでもらい、テーブルに広げている間に顔や身体を拭いてもらう。

「すまないな。全部やらせてしまって」

「こういう時はお互いさまです。それよりほら、どうぞどうぞ」

四人の定位置となったテーブルに案内し、あたたかいミルクを配る。

はじめのうちは手が悴《かじか》んでうまくカップを持てないほどだったデメルさんも、ようやく人心地がついたのか、「は～～～……」と長い長い息を吐いた。

「生き返ったわぁ」

「ホットミルクが身体に染み渡りますね」

ソフィアさんもほっとした様子で眉尻を下げる。

「雨の中、本当にお疲れさまでした。ザザさん探しはどうですか」

訊ねた途端、ラインハルトさんが顔を顰めた。

「ダメだ。全然見つからない」

「三日かけて城壁の東側をぐるっと回ってみたんだがよ」

「反応がないんです。わたしの魔法では届かないのかもしれません」

「そんな顔しないで、ソフィアちゃん。今日はたまたま運が悪かっただけよ」

「だが、こう闇雲に動いててもなぁ」

ヴェルナーさんが頬杖を突く。なんの手がかりもない以上、気が遠くなるような持久戦を覚悟するしかない。

「まぁ、厄介な魔獣に出会さなかっただけ良かったかもな」

そうだった。魔獣問題もあったんだった。

「城壁の外はどんな状況ですか？」

「あいかわらず魔獣たちがウヨウヨしてる。人間の味を覚えたせいで始末に負えねぇ」

「さすがにこの嵐じゃおとなしくしてるみたいだけど。お互いさまでやーね」

デメルさんまで顔を顰める。

全員のため息が重なったところで再びドアが開き、別のパーティも戻ってきた。ラインハルトさんが声をかけた冒険者の三人組だ。

「お疲れさまでした。お帰りなさい」

同じようにタオルを渡し、濡れた装備を外してもらう。

ラインハルトさんが手を上げて帰還した三人を労った。

「やぁ。そっちはどうだ」

「ダメだった。なんの当たりもねぇ」

「そうか。俺たちもだ」

「困ったもんだな。早くなんとかしたいんだが……」

またしても重たいため息がミルフィーユのように層を成す。

うーん。このままじゃ暗くなるばっかりだ。疲れも取れないし、希望も持てない。

僕は小さく咳払いをすると、明るい声とともに手を叩いた。

「そんなに暗い顔しないでください。急いては事をし損じるって言うじゃないですか」

「ナオ？」

「明日からまた頑張るためにも、まずはおいしいものを食べて、おいしいお酒を飲んで、ゆっくり身体を休めましょうよ。お酒が苦手な方にはモモネのジュースもあります」

みんながいっせいにぽかんとする。

最初に笑ってくれたのはラインハルトさんだった。

「そうだな。俺たちにはナオのうまい料理があるもんな」

「腹いっぱいポトフを食って、今夜はぐっすり眠るとするか」

すかさずヴェルナーさんもうれしそうな顔でそれに続いた——のだけど。

「あの、残念ですが、今日から『聖食週間』なのでポトフはちょっと……」

「あぁっ⁉」

ヴェルナーさんが素《す》っ頓狂《とんきょう》な声を上げる。

聖食週間というのはイアの伝統で、お肉を食べてはいけない一週間のことだ。この間はベスティアの煮込みことポトフも、雛鳥《ひなどり》のクリーム煮も、トリッパとうずら豆のオーブン焼きすら出せない。

ヴェルナーさんはわなわなとふるえながらテーブルの上に突っ伏した。

「こんな大変な時に肉が食えないなんて……出る力も出ねえぞぉぉぉ」

「残念だったわねぇ、ヴェルナー。ポトフを楽しみに頑張ってたのに」

「わたしもクリーム煮、食べてみたかったです」

「俺もだ。今夜は全種類制覇するつもりだったんだが……」

「元気出してくださいよ、ヴェルナーさん。それに皆さんも。お肉が食べられないなら、お野菜を食べればいいじゃない、です」

「うん？」

ヴェルナーさん以外の全員が首を傾げる。

ふふふ。こんなこともあろうかと、お野菜のメニューをいろいろ考えてあるんだよね。今夜はとっておきの新作目白押しナイトだ。

三人組にも隣のテーブルについてもらうと、僕は満面の笑みで一同を見回した。

「ご安心ください。お野菜で満足できる、とっておきのフルコースをお出しします」

腕捲りをしながら厨房に入る。

ついさっきまで、ぼんやり雨を眺めていたのが嘘のようだ。

とにかく今は元気の出る、とびっきりおいしいもの作らないとな！

「よーし。頑張るぞ」

自分自身に気合いを入れると、まずは前菜としてキニーのサラダに取りかかった。

ズッキーニに似たキニーは煮込み料理によく使われるが、実は生で食べてもおいしい。食感も楽しめるよう二ミリの厚みに揃えて切ると、上からサッと塩をふった。

そして、ここでいつもの。

「タイム、〈フォワード〉！」

はい、五分置いたキニーの完成。これで食感は残しつつ、アクやウリ科特有の青臭さが抜けて食べやすくなる。

鼻歌を歌いながらサッと水洗いし、水気を拭き取ってから丸皿の上にぐるりと並べた。

ここにオリーブオイルを一回し、仕上げに黒胡椒をふるだけでも充分おいしいサラダになるけど、今日はちょっと一工夫だ。

微塵《みじん》切りにしたタマネギことディールを炒め、全体が透き通ってきたらボウルに移す。ここに木苺《きいちご》ビネガーとオイルを垂らし、スパイスやショウガによく似たガランを合わせてソースを作った。

並べておいたキニーにソースをかけ、さらに木苺を飾ればでき上がりだ。

キニーの緑、ソースの白、そこに木苺の赤が美しく映える。

テーブルに運ぶと案の定、デメルさんとソフィアさんに大歓迎された。

「やーん！　なにこれ。か・わ・い・い！」

「ピンクのサラダとはまた違ったかわいらしさですね」

「キニーのサラダ木苺風味です。デメルさんが『美容にいいものが食べたい』って言っていたので」

「やだ、ナオちゃんったら覚えててくれたの！」

デメルさんが両手で口を押さえながら僕とお皿を交互に見遣る。

こんなによろこんでもらえたら料理人冥利に尽きるよねぇ。

「さぁさぁ、どうぞ。お口に合うといいんですが」

「よし。みんな、いただこう」

リーダーであるラインハルトさんの一言で食事がはじまる。

さっそく一口食べたデメルさんは、弾かれたように顔を上げた。

「あら！　甘酸っぱいのね。お酢？」

「ええ。木苺から作られたビネガーを使ってみました」

「どうりでふわんと香るわけね。上に乗った実も甘酸っぱくていいわ」

「ポリポリした食感も楽しいですね。わたし、キニーを生で食べたのははじめてです」

「言われてみれば、俺もだ」

「そういや生で食べられるんだな」

全員があっという間に完食する。ついさっきまでため息をついたり、げっそり項垂れていたのが嘘みたいだ。

「お酢は美容にいいですし、疲れにも効きます。さっぱり食べて胃も元気になったと思うので、すぐに次のお料理を持ってきますね」

「次はがっつりしたやつを頼むぞ」

「はいはい。お楽しみに」

ヴェルナーさんに笑い返すと、僕は厨房に取って返した。

次に作るのは野菜のキッシュ。

土台となるパイは事前に焼いておいたので半分は終わったも同然だ。いくら時空魔法があるとはいえ、それ以外の作業に時間がかかるからね。

マジックバッグからパイを取り出すと、バターの香りがふわっと漂う。

さぁ、ここに入れる中身を作っていこう。

まずは野菜を食べやすい大きさに切る。

キニーやニンジンは輪切りにしてから四等分、ディールはザクザク串切りに。パプリカこと、ベルーナは二センチ角くらいかな。プチトマトは切らずにこのまま、硬い野菜は軽く下茹でして火の通りを均一にした。

次に大きめのボウルに卵を溶き、自家製生クリームを入れて混ぜ合わせる。そこに摺り下ろしたチーズとガラン、それから塩やスパイスを加えれば卵液の完成だ。

タルト生地に野菜を並べ、静かに卵液を注いだら、余熱したオーブンにセットする。

そしていつもの。

「タイム、〈フォワード〉！」

オーブンを開けた途端、バターと卵の甘く香ばしい香りが厨房いっぱいに広がった。

あ〜〜〜これはみんなが好きなやつ〜〜〜！

思いきり息を吸いこんだだけで幸せな気分になってしまう。

つまみ食いしたい気持ちをグッと抑え、粗熱《あらねつ》が取れるのを待って慎重に型から外す。

十二等分にカットしたできたてほかほかのキッシュを持っていくと、ヴェルナーさんが不思議そうな顔をした。『がっつりしたやつ』が、まさかこう来るとは思ってもみなかったんだろう。

「こいつはなんだ？　パイか？」

「野菜のキッシュです。卵やチーズが入っていますから食べ応えがありますよ」

ラインハルトさんが最初に手をつける。

「あぁ、これはうまい。本当に野菜だけか？　肉は？」

「入ってませんよ。でも、ちゃんと旨味があるでしょう？」

「なんだって」

慌ててフォークを持ったヴェルナーさんも、一口食べるなり「うお！」と声を上げた。

「うまいな。なんだこりゃ！」

「ほんと、おいしいわ。すごくコクがあって、パイもサクサクで」

「それに、野菜も甘くておいしいですね」

うふふと微笑み合うソフィアさんたちをよそに、ラインハルトさんとヴェルナーさんがあっという間に皿を空にする。

「もう一個食うぞ、ナオ」

「えっ。もう食べたんですか！」

あいかわらずとんでもない食欲だな。

驚いていると、ドドドドッと階段を駆け下りてくる音が聞こえた。子供たちだ。

「いいにおい！」

「ニャオ、なにしてるの！」

「あら、リーちゃんとルーちゃんじゃない。こっちにいらっしゃいな」

デメルさんがすかさず両手を広げて迎えてくれる。

駆け寄っていった子供たちはぎゅうぎゅうに抱っこされ、「きゃー！」とかわいい歓声を上げた。今日はほとんどお客さんに構ってもらえなかったから、ここぞとばかりに甘えているんだろう。

「やーん。ほんとにかわいいわぁ。最高に癒やされるったら……」

デメルさんがメロメロになっている間も子供たちの目はキッシュに釘付けだ。ふたりがごくんと生唾《なまつば》を飲むのを見てみんながいっせいに噴き出した。

まぁ、今日は雨でしょんぼりしていたせいで、あんまり夜ごはん食べなかったからな。

「リー、ルー。キッシュ食べるか？」

「たべる！」

「ルーも、たべる！」

「うんうん。じゃあ、一個を半分こな。ラインハルトさんとヴェルナーさんのお代わりもすぐに持ってきますね。その間、デメルさん。すみませんが……」

子供たちに目をやると、デメルさんはふたりを膝に乗せながら大きく頷いてくれた。

「お世話なら任せてちょうだい。ここからがあたしのご褒美タイムよ」

「ありがとうございます。助かります」

お言葉に甘えてリーとルーを任せ、すぐさま厨房に取って返す。

キッシュを運んだ後はいよいよメイン料理だ。

最後に用意したのは、みんな大好きハンバーグ！　……と言ってもお肉はNGなので、ディンケル小麦と数種の野菜で作るリッテ・ナオのオリジナルだ。

まずはニンニクを微塵切りにし、じっくりとバターで炒《いた》める。

いやぁ、ニンニクの香りって食欲をそそられるよねぇ。バターの海でシュワシュワ泡を出しているのを見ていると、それだけでもう「たまらん！」ってなってしまう。

待っているヴェルナーさんたちもそうだろう。さっきからそわそわとこちらを見ているのが気配でわかる。

ふふふ。ですよねぇ。

僕も一緒になって頬をゆるませながら鍋に微塵切りのディールを加え、焦《こ》げないように火を通した。

次に取り出したのは、ハンスさんお気に入りのディンケル小麦粉。栄養豊富なスーパーフードで、とにかく風味豊かなところが気に入っている。

それを先ほどの鍋に少しずつふり入れ、ミルクやハーブ、ガランを加えてよく混ぜる。フランス料理でいうスビーズソースで、固めに仕上げるのがポイントだ。

ソースの粗熱が取れたところで茹でておいたディンケル小麦や微塵切りにしたキニー、ニンジン、卵を加えてよく混ぜ合わせる。塩胡椒やスパイスで味を調えたら、ここからはいよいよ最後の仕上げだ。

ハンバーグらしく小判《こばん》の形に整え、平鍋で表面をカリッと焼きつける。旨味を閉じこめるためのコーティングだ。これができたら今度は内側からじっくり火を通すために鍋ごと熱々のオーブンに入れた。

でき上がりまでは二十分。

いつものアレで時間を短縮しても良かったけど、今回はハンバーグにかけるヨーグルトソースを作りながらじっくり様子を見ることにした。

ボウルにヨーグルト、クリームチーズ、サワークリームを入れて塊がなくなるまでよく混ぜ、潰したニンニクやハーブ、塩胡椒で味を調《ととの》えたらでき上がり。

じゅうじゅうと焼き上がったハンバーグを熱い鉄板に移してたっぷりとソースをかけ、つけ合わせの野菜を添えて持っていくと、その場の全員から拍手喝采《かっさい》で迎えられた。

「最高じゃねぇか！」

声を上げたのはヴェルナーさんだ。

「おいおい、ナオ。こいつはさすがに肉だろう？」

「ふふふ。そう見えるでしょう？」

「違うのか？」

驚く仲間の隣でラインハルトさんも目を丸くする。

「聖食週間なので、ディンケル小麦と野菜だけで作ってみました。さぁ、冷めないうちにどうぞ」

皆がそろそろとカトラリーを持ち上げる。

そうして一口食べるなり、全員がパッと顔を輝かせた。

「うまい！　確かに肉じゃあないが、こいつもアリだ」

「野菜がいっぱい入ってるのね。微塵切りにしてあって、色とりどりでかわいいわ」

「ディンケル小麦の食感もいいですね。プチプチしていて、わたし好きです」

「聖食週間は忍耐の一週間だと思っていたが、こんなうまいものにありつけるとは……」

しみじみと味わっていたラインハルトさんだったが、とうとう我慢できなくなったのか、残り半分というところでパンにハンバーグを挟んで豪快に齧りついた。

「おっ、それいいな」

すかさず真似をしたのはヴェルナーさんだ。三人組のパーティもそれに続けとばかりに皆が手作りのハンバーガーを堪能し出す。

うんうん、わかる。やりたくなるよね。

デメルさんの食事の邪魔にならないよう、僕はそっと子供たちを呼び寄せた。

「リーとルーも、お野菜ハンバーグ食べるか？　あんなふうに挟んでみる？」

「たべる！」

「ルーも、やりたい！」

「ふふふ。そう言うと思って、ふたりの分もちゃんと焼いておいたよ」

手早く厨房でパンを切り、大人の四分の一サイズのミニバーガーを作って出すと、子供たちは満面の笑みで齧りついた。

「うまー！」

「うまま！」

元気の良い大絶賛に見ていたみんながドッと笑う。

あーあー、口の周りがソースでえらいこっちゃ。勢いよく噛りついたせいで、鼻の頭にまでついてるじゃないか。

リーの手を拭いてやり、ルーの口元を拭ってやりながら、僕はせっせと厨房とフロアを往復した。なにせ、食いしん坊たちから「お代わり！」コールが止まらなかったからね。

それにしても、ほんと良く食べるなぁ……。

三つ目のハンバーガーに齧りついているラインハルトさんたちの食べっぷりと言ったら、見ているだけでスカッとするほどだ。これだけ気持ち良く食べてくれたら料理人としても誇らしい。

「はー、食った食った……」

パンパンになったお腹を擦りながらヴェルナーさんが椅子の背に凭れかかった。ラインハルトさんも、デメルさんやソフィアさんもだ。

「ご満足いただけましたか？」

「かなりな」

「気力が戻った」

「おいしかったわ」

「それに新鮮でした」

ラインハルト団の面々がいっせいに答える。三人組も同意見だそうだ。

「こりゃ、明日の朝飯も楽しみだ」

「やぁだ。ヴェルナーがもう朝ごはんの話してる！」

デメルさんの悲鳴にみんながまたドッと笑う。

三人組は早めに休むそうなので、先に宿泊施設である二階に案内した。ついでに満腹でこっくりこっくり船を漕ぎ出していた子供たちも順番に運び、ベッドに寝かしつける。

一階に戻ると、驚いたことに空の皿が全部流しに運ばれていた。

「もしかして、お皿下げてくださったんですか！」

びっくりしてふり返ると、デメルさんがなんでもないことのように手をふる。

「いいのよーう、気にしないで。おいしいごはん食べさせてもらったんだから」

「宿や食事を無償で提供してもらっているんだ。これぐらいのことはさせてくれ」

「そんなこと言ったら皆さんだって、無償で魔獣討伐を頑張ってるじゃないですか」

「それでも、肝心の目的は達成できてねぇけどな」

ヴェルナーさんが肩を竦める。

三人も思うところがあるのか、それぞれに小さくため息をついた。

「ザザさんって、いつになったら現れるのかしらねぇ」

「聡明《そうめい》な方でいらっしゃるので、機が熟すのをお待ちなのかもしれません。逆に言うと、ザザ様のタイミングにならないと絶対に見つけられないような気がしてきました……」

どうやら同じ魔法使いであるソフィアさんはザザさんの人となりを知っているようだ。

「おい、ソフィア。縁起《えんぎ》でもねぇこと言うな」

「俺たちにも魔法が使えたら一緒に探してやれるのにな。おまえに頼りきりですまない」

ラインハルトさんの言葉に、ソフィアさんはふるふると首をふる。

「私のランクがもっと高ければ……ザザ様と同じか、それ以上だったら……」

「でも、ザザさんって特級クラスの魔法使いなんでしょう?」

だからこそ領主に召し抱えられたはずで。

「そんな相手を見つけ出そうというんだ。そう簡単にできるものじゃない。長期戦になることはみんな覚悟の上だろう?」

リーダーの言葉に一番に頷いたのはデメルさんだ。

「そうよ。それにこういうのは諦めかけた頃に運が回ってくるもんなのよ。まだ早いわ」

「まだ早いって普通に意味わかんねぇだろ」

ヴェルナーさんの鋭いツッコミに思わず噴き出す。

確かにね！　早い方がいいに決まってるよね！

「きっと運が回ってきますよ。絶対に見つかります。僕も応援してますから」

「ナオちゃん、やさしい！」

「僕にできるのはごはんを作ることぐらいですけどね。……そしてそれも食材が手に入るうちの話で、肉や野菜がマーケットに並ばなくなったり、ストックが底を尽いたりしたら終わりなんですけど……」

「ナオ」

「あ、ごめんなさい。急にこんな話して暗くしちゃって……一週間分の食材ならマジックバッグに備蓄《びちく》してますし、保存食もたくさん作ってあるので安心してください。せっかく立ち上げた自分の店ですからね、簡単に潰したりしませんよ。……それでも、採取禁止になった以上、ポトフは遠からずメニューから消えるかもしれません」

「お、おい。待てよ。嘘だろ?」

「看板料理を下ろすなんて僕もやりたくないです。ポトフのおかげで今があるのに……。でも、ハーブがなければベスティアのあの強い臭みは取り除けません。そしてその香草は森に行けなければ手に入らないんです」

「森に行くためには中級魔獣を倒さなくてはいけない。魔獣をなんとかするためにはザザを見つけなければいけない」

「そのとおりです」

ラインハルトさんがため息をつく。

「結局ここに戻ってくるんだよな」

「だが、今のナオの話を聞いて俄然切実さが増したぞ。二度とポトフが食えなくなったら俺は死ぬ」

「ヴェルナーさん」

そこまで思い入れを持っててくれたなんて。

「気に入ってくださってありがとうございます。でも、ハーブはポトフだけじゃなくて、雛鳥のクリーム煮や、トリッパとうずら豆のオーブン焼きにも使うので……」

「俺の好きなトリッパもなのか？」

「わたし、まだクリーム煮を食べていないです」

「ねぇ。もしかして、さっきのキニーのサラダやハンバーグも？」

「はい」

その瞬間、空気がピシィィッと凍りつく。

テーブルに肘を突き、手を組んだラインハルトさんは、やけに真剣な表情で団員たちを見回した。

「……なぁ、みんな。同じことを思ったと思うが」

「おうよ。使命感が百倍になったぜ」

「あたしはあたしの好きなものを全力で守るわ」

「わたしも、ナオさんにはいろんなお料理を自由に作ってもらいたいです」

「決まりだな」

ラインハルトさんが右手を伸ばす。

すぐに他の三人がその上にそれぞれの右手を重ねた。

「絶対に、ザザを見つけ出して解決するぞ。イアの食材が尽きる前にだ！」

「おおおおおー！」

聞いたこともないような野太い声が響き渡る。

「ちょ、ちょっとデメルさんっ。今『男』に戻りました!?」

びっくりして腰が抜けるかと思ったんだけど。

そちらを見ると、デメルさんは「やーん」といつもどおりシナを作った。

「あたしとしたことが、つい力が入っちゃったわ。でもそれぐらい本気だってことよ」

「そ、そうなんですか……？」

「さぁ、明日からまた頑張るぞ。思いきり気合いを入れてな」

ラインハルト団の面々が力強く頷き合う。

なんかよくわかんないけど、ごはんのパワーはすごいってことでいい……？

落ち着いたらおかしくなってきて、ついつい噴き出してしまった。

「皆さんが思いっきり活躍できるように、明日の朝ごはんも最高のものをお出ししますよ。

どうぞお楽しみに」

「おおおおー！」

今度はヴェルナーさんの雄叫びが響き渡る。

そんなにぎやかな笑い声とともに嵐の夜は更《ふ》けていった。

5．絶品ポトフは誰のもの？〜一人は皆のために〜

晴れ渡った空がどこまでも続いている。

のんびりとマーケットに向かいながら僕は心地のいい風に目を細めた。

一昨日まであんなに土砂降りだったのが嘘みたいだ。子供たちも水溜まりに突撃してはきゃっきゃっとはしゃいでいる。

あー、君たち。それぐらいにしておいてね。

放っておくとすぐ『どろんこ自慢大会』に突入するので、右手をリーと、左手をルーとがっちり握る。

「ん？」

「ん？」

「なんでもないぞー。ほら、行こう」

無邪気に首を傾げるふたりに笑い返すと、再び市場を目指して歩きはじめた。

ラインハルトさんたちは今日から遠出をするらしく、明日まで宿には戻らないそうだ。

三人組も今日は別の宿屋に泊まると言っていたから、今夜はレストランの営業のみ。

それなら、いつもと違うメニューを試すのもいいかもしれない。普段はヴェルナーさんたってのご要望でガッツリ系が多いから、たまにはあっさり系でも作ってみようか。

そんなことを考えているうちにマーケットに到着する。

「あー……また減っちゃったな」

ガランとした敷地を目にした途端、わかっていてもため息が出た。

ちょっと前までは威勢のいい呼びこみの声が響き、人々の笑い声であふれていたのに。

今やそんな面影もなく、すっかり静かになってしまった。

しかたない。

城壁の外に出られない日々が続いているせいで野菜はもちろん、肉も、穀物も、採れる量がグッと減った。その結果マーケットはガラガラになり、価格の高騰が続いている。

幸い、うちは子供たちが家庭菜園を続けてくれているので（あれから草魔法の使い方もだいぶ上手になった）食うに困るようなことはないだろうけど、それでもより多くの量や種類の食材を必要とするレストランとしてこの状況は大打撃だ。

ましてや、町の人たちのほとんどが自給自足の手段を持っていない。マーケットやその近辺にある小売店だけが頼りなのに。

「マールがない。ベルーナも、キニーも今が旬《しゅん》なのに……」

真っ赤なトマト、黄色いパプリカ、緑のズッキーニ。

売り場に積んであるだけでパッと目を引かれたものだった。

「リーのモモネ、ない…」

「ルーのリングォも、にゃい…」

キョロキョロと辺りを見回したふたりもしゅんとする。

「モモネもリングォも大好きだもんな。あったら買っていきたかったのにな」

「モモネのコン…、たべたい」

「コンフィチュールな」

「リングォのパイ、たべたい」

「久しぶりに焼きたかったたな」

手を伸ばし、リーとルーの頭をよしよしと撫でた。

ふたりの気持ちはよくわかる。僕だってたまには食べたいもん。

せめて、帰ったらおいしいホットケーキを焼いてあげようと考えていると、ポンと肩を叩かれた。

「三人揃って買いものかい？」

「あ、アンナさん。皆さんも」

トレードマークのオレンジのスカーフを巻いたアンナさんが立っている。

後ろには、お料理教室で顔馴染みになった生徒さん、もといご近所さんたちもいた。

「夜の仕入れができればと思って来たんですが……そちらはなにか買えました？」

「なーんにも。朝のうちに売り切れたらしいね」

「あー……でも、朝には並んでたんですね」

一日中閑散《かんさん》としてたわけじゃないとわかっただけでもほっとする。マーケットはイアの人たちの心の拠《よ》り所みたいな場所でもあるから。

早く元に戻ってほしい。

そして、お店の人とお喋りしながらたくさんの買いものを楽しみたい。

そんなことを話していると、アンナさんが思い出したように「そうだ」と手を叩いた。

「マリーのところでベルーナを分けてもらったんだ。ナオにもひとつあげるよ」

「えっ、いいんですか」

「いいよいいよ。いつも世話になってるしさ」

ポンと黄色いベルーナを手渡される。採って間もないもののようで、切り口からは瑞々《みずみず》しい香りが漂っていた。

「ありがとうございます。じゃあこれ、お返しに」

マジックバッグから先日のマールを三つ取り出し、アンナさんの籠に放りこむ。

「いいのかい。この間ももらったのに」

「お互いさまです。助け合っていきましょう。……それに、物々交換っていうのもそれはそれで楽しいですし」

なにと交換してもらえるかは時の運。思いがけないものが回ってくることだってある。

そう言うと、アンナさんはおかしそうに笑った。

「あんたはなんでも楽しむ天才だね」

「その案乗った！　私とも交換しておくれ」

「あら、わたしも」

生徒さんたちが次々に野菜を差し出してくれる。どれもマーケットでは品切れになったものばかりだ。農家の人に直接交渉して譲ってもらったのだろう。

あっという間に買いもの籠をいっぱいにしてもらったので、僕からもマールをどっさりプレゼントさせてもらった。

「ぜひ、これでおいしいものを作ってください。ご要望があればレシピも教えますので。マールのマリネとか、マールのパスタとか、マールの肉詰めなんかもオススメで……」

「今すぐ教えて！」

言い終わらないうちに奥様方に取り囲まれる。

なんでも皆さん、保存食の作り方を習って以来『新しい料理を作る楽しみ』に目覚めたんだそうだ。

「そうだったんですか」

「だって新鮮な気分じゃないか」

「家族もよろこんでくれるしね」

これは思いがけない反響だ。

もともと食うに困らないようにとはじめたことだったのが、日常に楽しみを生み出していたなんて。

ならばさらにもう一歩進んで、子供たちの野菜を使ったレシピをお料理教室で扱うのはどうだろう？　それなら育てる楽しみも、新しいことを知る楽しみも、料理する楽しみも、食べる楽しみも、子供たちから生徒さんまでみんなで丸ごと分かち合える。

勢いで提案してみると、満場一致の拍手が起こった。

「ナオ、あんた最高だよ！」

「皆さんのおかげです。こうしてお話ししたからこそ新しいアイディアが生まれたんですから。これも、マーケットの新しい活用のしかたかもしれませんね」

「そうそう。しぶとく楽しく生きなくちゃね」

アンナさんのまとめにみんなが笑う。

そんな時、どこからともなく地鳴りのような音が近づいてくるのに気がついた。

「ん…？」

とっさに耳を欹《そばだ》てる。キョロキョロと辺りを見回すと、遠くの方からドドドッと砂煙《すなけむり》を上げてなにかが近づいてくるのが見えた。

「え？　え？」

「馬だ。馬が来るぞ！」

誰かが叫ぶ。

辺りは一瞬で騒然となった。

栗色の馬が人を乗せ、大通りを疾走《しっそう》してくる。斜め後ろには従者もふたりいるようで、全部で三頭の馬が全速力でこちらに向かってくるところだった。

な、なっ……？

「ナオ！　子供たちもおいで！」

「わっ！」

「ひゃっ？」

「ふぉっ？」

びっくりして固まっていたところで、アンナさんに首根っこを掴んで引っ張られる。

されるがまま近くのテントに避難した僕は、慌てて子供たちを後ろに隠した。

「あの……あれは……？」

「シッ。絶対にここから出ちゃいけないよ」

アンナさんが人指し指を唇に当てる。いつもは陽気で明るい人なのに、その表情は緊迫していて怖いくらいだ。

僕はそっと後ろを向くと、身を屈め、子供たちをぎゅっと抱き締めた。

「ふたりとも、じっとしててな。絶対に僕から離れちゃダメだぞ」

「うん？」

「うん？」

ふたりは揃って首を傾げる。

そうだよな。いきなりそんなこと言われても、どうしたのかと思うよな。

でも、ちゃんと説明してあげたいけど僕もよくわからないんだ。

「とにかく今は、僕がいいって言うまで後ろにいてくれ。シー、だよ？　わかった？」

人指し指を唇に当てると、ふたりはそれを真似しながらこくんと頷いた。

「よしよし。少しの辛抱だからな」

わしゃわしゃと頭を撫でてやり、もう一度マーケットに向き直る。

僕らが話している間に、野太い声はすぐそこまで近づいてきた。

「退け退け！　死にたいのか！」

逃げ遅れた人たちがマーケットの中で散り散りになる。人々を容赦なく蹴散《けち》らしながらやってきた三頭の馬は手綱を引かれ、ようやくのことで激しい嘶《いなな》きとともに止まった。

荷車を引いたり、農地を耕す馬とはまるで違う。大きさなんて二回りも大きそうだし、気性もずいぶん荒そうだ。つけている馬具も一目で高級なものとわかる。

「ダストン様」

「ダストン様だ……」

ぽかんと見ていた僕の周りで、動揺の声が細波のように広がっていった。

「アンナさん」

「あぁ。あれがダストン様だよ」

小さな声で訊ねると、アンナさんが耳打ちで教えてくれる。

あれが噂の領主様か……。

まさか、こんなところで会うなんて。出《い》で立ちといい、態度といい、一見しただけでも自分が知っているイアの人たちと違うのがよくわかった。

年齢は確か五十三歳だったたか。どっしり威厳があるタイプというよりは、イライラして怒りっぽい人といった印象だ。

茶色の髪は頭頂部にいくほど心許なく、ガウンの派手な飾り羽根が悪目立ちしている。身長は自分と同じくらい小柄ながら、胴回りは軽く三倍はありそうで、かなりの健啖家《けんたんか》というのも頷けた。

馬上のダストンは民衆の輪を睥睨《へいげい》し、忌々《いまいま》しげに眉をつり上げる。

「どうもこの町のやつらは礼儀を知らんようだな」

領主の言葉に従者たちはすぐさま馬を下り、立ち尽くしている人たちに向かって罵声《ばせい》を浴びせた。

「平伏せい！　町民ども！」

「この町で暮らせるのは誰のおかげだと思っている！」

人々が弾かれたように慌てて地面に跪《ひざまず》く。

その時だ。

突然、小さな男の子が輪を飛び出した。今まさに、農作物を積んだ荷車がマーケットにやってくるのが見えたからだ。やっと食べものが手に入ると、それだけで頭がいっぱいになってしまったのだろう。

「いけないよ！　シュナ！　シュナ！」

母親と思しき女性が必死に子供の名を叫ぶ。

けれど男の子の耳には届かず、彼は最短距離を突っ切ろうとダストンの前に躍り出た。

ヒヒィィーン！

「うわぁっ」

飛び出してきた男の子に驚いた馬が、激しい嘶きとともに後ろ肢《あし》で立ち上がる。

その拍子にダストンは為す術なく石畳の上にふるい落とされた。

「貴様！　ダストン様になんということを！」

「子供とて容赦はせぬわ！」

従者のひとりはダストンに駆け寄り、もうひとりが乗馬用の鞭《むち》を唸らせる。

「お許しください！」

母親が真っ青な顔で飛び出してきて、地ベタに額を擦りつけた。

「領主様であるダストン様に危害を加えようなどという意志はございません。息子はただお腹を空かせていただけでございます。このところの食糧不足で食うや食わずの日が続き……私からよくよく言って聞かせますので、どうかお慈悲を……！」

「フン。ならば、代わりにおまえに罰を与えてやる」

「ヒッ」

鞭が鋭く空《くう》を切る。

打たれた母親は短い悲鳴を上げ、石畳の上にドッと倒れた。

「母さんになにするんだ！　……あっ」

向かっていった男の子も従者に足を払われ、地面に叩きつけられる。

それを見て、輪になった人々からいっせいにブーイングが起こった。

「おい、やめろ！」

「相手は小さな子供だぞ！」

「女子供に暴力をふるうなんて！」

「それで町を守ってるって言えるのか！」

「うるさい！　領主様に逆《さか》らうやつは死刑にするぞ！」

「……っ」

一同がビクッと息を呑む。

従者の手を借りてようやく起き上がったダストンは、もったいぶった仕草で服の汚れを払った。

「死にたいやつはどこだ？　今すぐ剣の切れ味を試してやってもいいんだぞ？」

彼はそう言ってニヤリと嗤《わら》う。

「言いたいことがあるなら遠慮せずに言うがいい。ただし、それが自分の命取りになるということも忘れるな。いいか。俺は領主で、おまえらはただの平民だ。そもそも格が違うということを肝に銘じておくがいい」

あちこちから人々が悔しさに歯噛みする音が聞こえた。

おそらくダストン本人にも聞こえているだろう。けれど彼は顔色ひとつ変えず、むしろ愉《たの》しくてたまらないというふうに頬を歪める。

およそ、これまでの人生で出会ったことのないタイプだ。一年半もイアで暮らしながらこの人と無縁でいられたなんて、ある意味ラッキーだったかもしれない。

デメルさんが『ドケチのクズ』って言ってたけど、結構いい線いってるかも……。

内心辟易《へきえき》しつつ成り行きを見守っていると、輪の一部がざわざわ騒がしくなり、続いてよく知った人物が現れた。

「ユルゲンさん。ウルスラさんも」

ギルド長たちのお出ましだ。

誰かが「すわ一大事」とユルゲンさんたちを呼びに行ったのだろう。協会からここまで走ってきたのか、ふたりとも肩で息をしている。

そんなふたりに少し遅れて、遠出しているはずのラインハルト団までやってきた。

「あれ？」

パーティが宿を出たのは朝食を摂ってすぐだ。

城壁を出る前にギルドに立ち寄るとは聞いていたけど、ユルゲンさんたちと一緒に来たことを考えると、ずいぶん長い間話しこんでいたらしい。一大事の報《しら》せを聞いて、まずはこちらにと駆けつけてくれたんだろう。

町のまとめ役や守り役の登場に、ほっとした空気が流れる。

ユルゲンさんはダストンの前に進み出ると、恭しく一礼した。

「ご機嫌麗《うるわ》しゅう存じます。ダストン様」

「ハッ。冗談じゃない。そこのクソガキに危《あや》うく命を狙われるところだったわ」

ダストンがシュナと呼ばれた男の子を顎で指す。

周囲の人たちから何事かを耳打ちされたユルゲンさんは、さっきよりさらに深く身体を折るようにして頭を下げた。

「イアのギルドを代表して、私からも深くお詫びを申し上げます」

「フン。決まり文句しか言えんのか」

ダストンがつまらなそうに鼻を鳴らす。従者たちも呆れ顔をするばかりだ。

それでもユルゲンさんは顔色ひとつ変えることなく、近くにいた何人かに男の子と彼の母親の介抱を頼むと、再びダストンに向き直った。

「ところで、本日はどのような御用向きでございましょうか」

「しらばっくれる気か。穀物税《こくもつぜい》の支払いが滞っているだろうが。だからこうして領主自《みずか》ら取りに来てやったのだ」

「それはご足労《そくろう》をおかけいたしまして……ですが、穀物は魔獣の出没《しゅつぼつ》によって……」

「俺の知ったことじゃない」

ダストンが一蹴《いっしゅう》する。

「ここで生きるということは、俺に従うということだ。掻き集めてでも納めさせろ」

「ダストン様、どうかお願いでございます。増え続ける魔獣のせいで、我々は城壁の外に出ることすらままならず……」

「ほう。おまえまで俺に逆らうつもりか」

ダストンが意味ありげに鞘をひと撫でする。

その瞬間、ラインハルト団の男たちがいっせいに剣に手をやった。たとえ領主が相手であろうと、ギルド長になにかしたら容赦しないという意志表示だ。

町の男たちもそれに倣《なら》って拳を固める。

そんな一触即発の空気に居心地の悪さを感じたのか、ダストンは下唇を突き出しながら肩を竦めた。

「こんな老《お》いぼれ、斬り殺したところでおもしろくもない」

「なんだと。黙って聞いてりゃこの野郎……！」

「やめろ、ハンス！」

いつの間に輪に加わっていたのか、堪忍袋の緒が切れたハンスさんが踏み出しかける。

すかさずそれをアンナさんの旦那さんが制止した。

それでもなお睨み続けるハンスさんに、ダストンはわざとらしくため息をつく。

「この町の人間ときたら、まるで躾《しつけ》がなっていない。いっそ、食うものがなくなった方が飢《う》えておとなしくなるか？」

ダストンが試すように町の人々を見回す。彼が今なにを考えているのか、想像するのも恐ろしい。

固唾《かたず》を呑んで見守っていると、ダストンはふと「そういえば」と目を上げた。

「城壁の外に出ることすらままならないと言っていたな。それなのにおまえたちは生きているではないか。どうやって食いつないだ？」

「……」

皆がいっせいに目を泳がせる。マーケットが品薄なのは一目瞭然だ。

誰も答えようとしないことに苛立ったのか、ダストンは近くにいた女性を「おまえ」と名指しした。

「かっ…、川で、魚を捕っておりました」

女性が消え入りそうな声で答える。

「なるほどな。だが、それだけではないだろう？」

今度は別の女性の顔を覗きこむ。

至近距離から領主に睨めつけられ、カタカタとふるえている女性は以前、お料理教室に来てくれた人だ。

「わずかな食料をやりくりしておりました。長持ちするように工夫したり……」

「ほう？」

ダストンの目が光る。

「誰の入れ知恵だ？　俺の治めるイアで勝手にそんなことをしたやつは」

女性はハッと息を呑み、すぐに唇を噛んで俯いた。

彼女の周りにいたお料理仲間たちもダストンと目が合わないようにいっせいに下を向く。

答えさせられないようにとの、せめてもの抵抗だろう。

――もしかして、僕を庇《かば》おうとしてる……？

それに気づいた瞬間、僕はテントから飛び出した。

「お料理を教えたのは僕です」

「ナオ、いけないよ！」

アンナさんに手首を掴んで止められる。

それでも僕は子供たちをお願いすると、さらに一歩前に踏み出した。

「僕が、皆さんに保存食の作り方をお教えしました」

「誰だ、おまえは」

「リッテ・ナオという宿屋兼料理屋をやっている、ナオといいます」

「リッテ・ナオ……？」

ダストンが訝《いぶか》しげに目を眇《すが》める。

近くにいた従者に耳打ちされ、すぐに「あぁ」と頷いた。

「おまえか。ノワーゼルから店を継いだってやつは。ずいぶん繁盛しているそうだな」

「ありがとうございます。おかげさまで」

「その店の主が、なにをしたって？」

「野菜を少しでも長持ちさせられるように、お料理教室を開いて保存食の作り方をお教えしました。マールなんかは子供たちの草魔法で育てたりして……」

「草魔法だと？」

途端にダストンの表情が険しくなる。

「おい。ガキをよく見せろ」

「あっ」

しまった。余計なことを言ったかもしれない。

彼はズンズンこちらにやってくると、無遠慮にテントの中を覗きこんだ。

「……なるほど、エルフか。それで小賢《こざか》しい魔法を使うんだな」

さっきまで縮こまっていたリーとルーがキッとダストンを睨《にら》み返す。

それは意外な光景だった。

だって、普段は筋金入りの人見知りなんだよ？　怖い人が来たってふるえ上がったっておかしくないのに、そんなにはっきり意思表示をするなんて。

そればかりか、アンナさんの腕を抜け出したふたりはダストンに突撃していった。

「ナオを、いじめるな！」

「ニャオを、いじめるな！」

ダストンの左右の足をそれぞれの標的と定め、ポコポコ叩いたり、ゲシゲシ蹴ったりと総攻撃を仕掛ける。

「な、なんだ。このガキは」

「わるいこと、しちゃダメ！」

「いじめっこ、しちゃダメ！」

リーもルーも無我夢中だ。

引き剥がそうにもしつこいふたりに、ダストンは苛立ちながら従者をふり返った。

「おい。このうるさいガキを黙らせろっ」

「はっ」

「お待ちください」

子供たちから意識を逸らせるべく、僕はマジックバッグに手を突っこむ。

アンナさんがリーとルーを保護してくれるのを見届けて、ぼくはギルドカードを掲げて見せた。

「魔法なら僕だって使います」

「おまえも魔法使いなのか」

「一応、ギルドの登録上は」

ちゃんとした魔法使いの人たちとは雲泥《うんでい》の差だけど。

ダストンはカードを凝視した後で忌々しそうに顔を顰めた。

「こんなところにもいやがったとは……」

「え？」

「俺は魔法使いってやつが大嫌いでなぁ。胡散《うさん》臭いインチキ野郎め。俺から見ればただのペテン師だ」

ダストンの言葉に煽られ、従者たちもこれ見よがしにせせら笑う。

さすがに言い返してやろうかと思ったその時、僕より早くハンスさんが口火《くちび》を切った。

「領主様。あんたは偉い人かもしれねぇが、そういう言い方はねぇだろう」

すかさず続いたのはアンナさんだ。

「ナオがペテン師だって？　とんでもない。あたしたちを助けてくれた命の恩人さ」

「ナオが来てから、俺たちは珍しくてうまいもんを食えるようになった。食料が足りない今だっていろいろ工夫して出してくれる。保存食がなかったら今頃どうなってたか」

「それに、ナオの魔法はみんなの役に立ついい魔法なんだ。胡散臭くもなければインチキでもないよ」

怒濤の勢いで捲《ま》し立てるふたりに、周りにいた人たちからも「そうだそうだ」と賛同の声が上がる。擁護《ようご》の訴えが大きなうねりとなり、マーケット全体を包んだところで、顔を真っ赤にしたダストンが勢いよく剣を抜いた。

「えぇい、うるさい！　死にたいか！」

刀身がギラリと光る。

その瞬間、広場は水を打ったようにシンと静まり返った。誰もが息を呑み、ダストンの一挙一動に釘づけになる。

その時だ。

「――あいかわらず、なんて自分勝手な方なんでしょう」

天からの啓示《けいじ》のように、どこからともなく声が降ってくる。音もなく風が巻き起こり、マーケットの中央に小さな竜巻《たつまき》のようなものが生まれた。

「なっ……」

「気をつけろ。下がって」

すぐにラインハルトさんたちが人々を守るように前に出る。

渦を巻く漆黒の風が収まっていくにつれ、その中心に人のシルエットが現れた。

黒い長衣を纏った、すらりとした長身の男性だ。年は三十歳ぐらいだろうか。艶やかな黒髪を腰まで垂らし、思慮深さを湛えたグレーの瞳で静かにダストンを見下ろしている。

その姿を一目見るなり、ソフィアさんが「あっ」と声を上げた。

「ザザ様！」

「なんだって？」

「あれがザザなのか」

「おい。ザザが見つかったぞ」

マーケットはにわかに騒がしくなる。

響《どよ》めきの中、ザザさんは優雅な足取りでユルゲンさんの元に歩み寄った。

「ギルド長。長らくのご心配とご迷惑をおかけしましたことを心よりお詫びいたします」

「ザザよ。まずはおぬしが無事であったことがわかって良かった」

ザザさんが深々と一礼する。

続いて彼は、最初に声を上げたソフィアさんに向かっておだやかに微笑んだ。

「ソフィア。こうして顔を合わせるのは久しぶりですね。元気そうだ」

「はい。ザザ様もお元気そうでなによりです。ずっとお捜ししていました」

「知っていましたよ。苦労をかけましたね」

そっか。確か魔法使い同士、知り合いだって言ってたもんな……。

和やかに話すふたりを眺めていると、ザザさんがハッとしたように僕を見た。

「あなたは……」

「え？」

切れ長の目が見開かれる。

思いがけない反応に戸惑っているうちに、ザザさんは僕のすぐ前まで歩み寄った。

「驚きました。調和の神の眷属でいらっしゃるとは」

「……！　どうして、それ……？」

もしかして、ステータスパネルを開かなくても相手のことがわかるタイプ？

ハイクラスの魔法使いってすごいんだなぁ。

びっくりして目を丸くするばかりの僕に、ザザさんはふふっと微笑んだ。

「ランゲルベルト様は滅多に眷属をお持ちにならないのですよ。そのような方に守られているとは、あなたは選ばれた方だ」

「えっ。そうなんですか？」

「おや。ご存じなかったのですか」

「えーと、その……はい」

なにせ、すべてが成り行《なりゆ》きだったので……。

頭の中で『ぶえっくしょーい！』という威勢のいいくしゃみが響き渡る。ランランめ、僕に伝え忘れていたことに気づいて今頃右往左往《うおうさおう》してるに違いない。

「おい！」

こっそり笑いをこらえていると横から怒声が上がった。ダストンだ。剣を抜いて周囲の注目を集めたと思いきや、あっという間に場を攫《さら》われて苛立《いらだ》っているのだろう。

彼はズカズカとこちらにやってくると、ザザさんに剣の切っ先を突きつけた。

「よくも俺の前に姿を現したな、インチキ魔法使いめ。俺がいいと言うまで出てくるなと命じておいただろう」

　その表情たるや、まるで般若だ。

　けれどザザさんは怖がる様子もなく、やれやれとため息をついただけだった。

「そういうところが自分勝手だと言うのですよ」

「なんだと。領民は領主に従って当然だ」

「いつまでもそんな考えでいるから誰からも慕われないのです。ダストン様」

「えぇい、うるさい！　おまえごときがこの俺に意見するとは何事かっ」

　ダストンが闇雲に剣をふり回す。

　息を詰めてやり取りを見守っていた人々は「うわぁ！」と大声を上げて逃げ散ったが、それでもザザさんは眉ひとつ動かさず、人指し指を軽く払うように動かした。

「うおっ」

　その瞬間、ダストンが握っていた剣が強制的に鞘《さや》の中に戻される。まるで操り人形だ。驚いたダストンは何度も剣を抜こうと試みたものの、接着剤でくっついてしまったように鞘から離れることはなかった。

「クソッ。だから魔法使いは嫌いなんだ……！」

　ダストンが忌々《いまいま》しげに舌打ちする。

ようやく周囲が目に入ったらしい彼は、今度はそれを味方につけることにしたようで、ザザさんに人指し指を突きつけた。

「町民どもが税を滞納してるのはおまえのせいだぞ。どうしてくれる？　おまえが森から魔獣を解き放ったせいで」

「……え？」

思わず耳を疑った。

「なんだって？」

「ザザ様が、魔獣を……？」

皆もいっせいにざわつきはじめる。

それに気を良くしたダストンはますます声を張り上げた。

「町民たちよ。こいつが諸悪《しょあく》の根源《こんげん》だ。おまえたちを苦しめる敵なのだ」

「そんな、まさか……」

「高名な魔法使い様じゃなかったのか？」

突然のことに人々は動揺しながら顔を見合わせるばかりだ。

そんな中、ギルド長のユルゲンさんが静かにダストンの前に進み出た。

「畏れながら、ザザはギルドにも正式登録された優秀な魔法使いでございます。その腕を見込まれて専属の魔法使いとしてお召《め》しになったものと」

「少し前まではな」

「それは、どのような意味でございましょうか」

ダストンが含みを持たせて「フン」と鼻を鳴らす。

「捨ててやった。契約を解除したのだ」

「私どもには特にご連絡はございませんでしたが……」

「そんなもの、いつ捨てようと俺の勝手だ。俺が雇ってやったんだからな。……だいたい、優秀な魔法使いというから召し抱えてやったものを、最近じゃまるで使いものにならん。この俺に楯突いてくるだけの無礼な輩《やから》だ」

「はて……」

ユルゲンさんは不思議そうに小首を傾げると、「少々失礼いたします」と断ってザザさんに向き直った。

「今伺ったことは本当かね。使いものにならないというのは、なにか魔法が使えなくなるようなことでも？」

「いいえ」

ザザさんが悲しそうに首をふる。

彼は「このような場で申し上げるのは大変心苦しいのですが……」と前置きした上で、衝撃的な内容を語った。

「私は、領主様のお仕事の補佐を目的にお城へ上がらせていただきました。領内の視察の際は百キロ先まで瞬間移動をお手伝いしたり、大規模な橋の工事の際には百人にものぼる職人たちに治癒魔法を施したりと、はじめのうちこそお役に立てている実感もあったのですが……」

次第にダストンは、ザザさんを私物化するようになった。

遠い異国の料理が食べたい、世界にひとつだけの宝石がほしいと私利私欲《しりしよく》を肥《こ》やすために魔法を使わされ、面倒な領主の仕事はすべて押しつけられる。命令を断れば罵詈雑言《ばりぞうごん》を浴びせられ、立てなくなるほど鞭で打たれたり、屋敷の窓から逆さ吊りにされたりなどの折檻《せっかん》や拷問《ごうもん》にかけられる。奴隷のように昼夜もなく酷使《こくし》され続け、逃れようとするたびに処罰は重くなる一方で、身も心もすり減っていたのだという。

「もうこれ以上耐えることはできない――そう思い詰めるまでに至りました。けれど、私はお仕えする際にダストン様と魔法契約を交わしています。これは主《あるじ》に厄災《やくさい》を与えたり、攻撃したりといったことを禁じるもので、魔法使いは絶対に守らねばなりません」

どんなに理不尽《りふじん》なことをされても一切反撃することができない。

これは、強い力を持つ魔法使いから契約主の生命と財産を守るのが目的であると同時に、契約主が正式な作法に則《のっと》り契約解除を行わない限り、半永久的に雇用が保障されるというものである。お互いの間に信頼関係がある限り、お互いを守ることができる。

けれど、今回はそれが徒《あだ》になってしまった。

見えない鎖に縛られることになったザザさんは、とうとうクーデターを起こした。

「直接手を下せないなら間接的に懲《こ》らしめるしかないと……森の魔獣たちを解き放ったのは私です。イアの物流が止まれば交易《こうえき》で利益を上げることができなくなる。珍しい品々に目がないダストン様にはいい薬だと思いました」

ザザさんは一度言葉を切り、すぐに「ですが」と続ける。

「そのせいで、イアの人々には多大なるご迷惑をおかけしてしまいました。自分が苦しみから逃れたいばかりに皆さんの暮らしを困窮《こんきゅう》させ、さらには魔獣によって尊《とうと》い命まで奪われて……。あの頃の私には、自分がしたことの先になにが起こるのか、それすら思い至らなかったのです。本当に申し訳ありませんでした」

ザザさんは長い髪の先が地面に着くほど深々と頭を下げる。

――ザザさんだったんだ……。

変調の原因を作ったのは。

けれど、元はと言えば。

「ダストン様がザザさんを奴隷扱いしたからですよね」

「そんだけ酷いことされりゃ、誰だってやり返したくなるに決まってらぁ」

「拷問だなんて冗談じゃないよ。契約反故《ほご》にされなかっただけありがたいくらいさ」

皆がいっせいにダストンの方を向く。

「なっ……なんだ、おまえらっ」

再び自分に非難の矛先《ほこさき》が向いたことで、ダストンは目に見えて焦り出した。

「俺が使用人をどう使おうと俺の勝手だ。とやかく言われる筋合いはない」

「魔法使いは使用人ではございません」

ユルゲンさんが芯の通った声でぴしゃりとはね除ける。

「魔法契約がある限り、契約主と魔法使いは互いに対等な立場を有します」

「うるさい！　おまえまで俺に指図するつもりか！」

ダストンが力任せにユルゲンさんを突き飛ばす。

「おい！」

間一髪、ラインハルトさんがユルゲンさんを受け止めたことを確認して、ハンスさんが再び拳をふり上げた。自分たちの大切なギルド長に手荒な真似をされたことに皆の怒りも最高潮だ。

「さっきから黙って聞いてりゃ言いたい放題言いやがって。なにが『領民は領主に従って当然』だ。そんなこと言えんのはなぁ、俺たちの生活を守ってくれる領主様だけだ」

「俺たちを苦しめるばかりのやつなんて、領主の風上《かざかみ》にも置けねぇや」

「その上、魔法使い様まで酷い目に遭わせるなんて」

「ええい、うるさいうるさい！　卑《いや》しい民《たみ》の分際《ぶんざい》で！」

ダストンは両の拳をふり上げ、顔を真っ赤にして怒鳴り散らす。もはや手のつけようもない有様だ。鞘ごと剣をふり回し、悲鳴を上げて逃げ惑う人たちを追い払うことに躍起《やっき》になっている。

肩で息をしながら立ち止まった時には、ダストンの周囲には従者以外いなくなっていた。

その距離こそが、彼と民衆との心の距離にも見えてくる。

けれどダストンはお構いなしに、従者からの耳打ちを受けてニヤリと笑った。

「……それはいい。こうも不愉快な気分にさせてくれた愚民どもには褒美をやらねば」

嫌な予感がする。

アンナさんたちと顔を見合わせる中、ダストンが愉しげに告げた。

「おまえたちには、誰がこの町の決定権を持っているか徹底的にわからせてやろう。俺に逆らうとどうなるか思い知るがいい――祭は中止だ。おまえたちが一年で一番楽しみにしているイア祭は、今年は開催しないことにする」

「なっ」

「嘘だろう！」

「俺たちから祭を取り上げるなんて！」

たちまちマーケットは阿鼻叫喚《あびきょうかん》に包まれる。

そんな人々を尻目に、ダストンは勝ち誇ったように嗤った。

「自業自得だ。誰のおかげで暮らしていられるか、あらためて考える良い機会になろう」

「それでも領主か！　それが上に立つ人間のやることか！」

「当然だ。上に立つものがすべてを決める。下にいる人間どもは黙ってそれに従えばいい」

あまりの横暴《おうぼう》ぶりに皆が絶句する。

悔《くや》しがる様子が愉快でしかたがないのか、ダストンは従者たちと顔を見合わせ高らかに嗤った。

とんでもないことになってしまった。

もはや事態は拗《こじ》れに拗れ、生半可《なまはんか》なことではとても解決しそうにない。

どこの世界にもこういう人はいるんだよな。従わせることに生き甲斐《がい》を感じる人種っていうのは。一緒にいるだけでエネルギーを吸い取られるから困ってしまう。

大きなため息をついた時だ。

『これはまた修羅場ですねぇ』

この場にそぐわない呑気な声が聞こえてきた。ただし、耳にではなく頭の中にだ。

『ランラン。見てたんだ』

『はい。なんだか子供みたいな人だなぁって』

『子供？』

『だってそうでしょう？　自分の思いどおりにならないって癇癪《かんしゃく》起こしてるんですもん。赤ちゃんが「お腹空《す》いた」って泣くようなものですよ』

『おー、ほんとだ。うまいこと言う』

そう思った途端、ダストンが弱っちく見えてくる。

『あんなにプリプリ怒ってるのにね』

『赤ちゃんも顔を真っ赤にして泣くでしょう？』

『確かに。でもさぁ、五十を超えた赤ちゃんってちょっとホラーじゃない？』

『怖い世の中ですねぇ』

ランランがため息とともに肩を竦めるのが気配でわかった。

『まったくさぁ。リーとルーですら、話して聞かせればちゃんと理解するのに』

総攻撃の余韻に鼻息を荒くしている子供たちを見遣る。

それでも昂奮《こうふん》が収まってくるにつれて、「怖かった」と顔に出るようになった。

うんうん。そうだよな。それなのに僕のために戦おうとしてくれたんだよな。

ありがとうの気持ちをこめてわしゃわしゃと頭を撫でると、ふたりはくすぐったそうに声を殺して笑った。今は騒いではいけないと察しているのだろう。

かわいいだけじゃなく、やさしくて、勇敢で、とっても賢い良い子たちだ。

どうかこのまま素敵な大人になってくれますように。

心の中でそっと祈る。

……本音を言えば、今のかわいい姿をできるだけ長く見ていたいって気持ちもあるけど。それでもふたりが成長とともに人生を謳歌《おうか》し、誰よりも幸せになってくれることを一番に願っている。

『うふふ。ナオさんって、意外と子育て向いてますよね』

『えっ。そう？』

『そうですよ。だって、森しか知らないエルフがこうして人間社会に馴染んでるのって、ナオさんのおかげだと思うんです』

『僕だけじゃないよ。周りの人たちに助けてもらったから、なんとかね』

アンナさんがいなかったら熱を出しても子供たちの世話をしなくちゃいけなかったし、ノワーゼルさんやデメルさんがいなければ、子供たちを膝に乗せてあやしてもらうこともなかった。ハンスさんや町の人たちはいつもリーとルーを気にかけてくれるし、ウルスラさんのように「リーちゃん」「ルーちゃん」と呼んでかわいがってくれる人もいる。

だから、みんなのおかげだ。

『僕自身、子育てははじめてだから手探りだけど……でも最近は、安心させてやることが一番大事なんじゃないかって思うようになったんだ。安心してるからこそ食べられるし、眠ることもできる。本音で話したり、笑い合ったり……あ！』

ピンと来た。

もしかして、そういうこと？

『ランラン。僕、わかったかもしれない』

『えっ。なにがですか？』

ランランが元気よく訊き返してくる。

考えてることが読めるくせに、どうしてそういうのは読めないいんだっ。

『ポ、ポンコツですみません……』

『いや、ランランらしくていいよ。なんかちょっとほっこりした』

『えええ……でも、まぁ……ナオさんがよろこんでくれるなら、それで……』

体育座りのランランが床に「の」の字を書くのが伝わってくる。どうやらいじけているらしい。

いつもの号泣土下座とは違う反応に笑い出したいのをこらえつつ、僕は背筋を正した。

『ランランのおかげで気持ちも軽くなったしさ。赤ちゃんをあやす方法も思いついたし』

『ほんとですか！　ぼく、お役に立ちましたか！』

『うんうん。立った。めちゃくちゃ立った』

なにせ、『嫌なやつ』にしか見えていなかったダストンが『五十歳を超えた赤ちゃん』にクラスチェンジした。かわいくはないけど、打つ手はありそうだ。

『それじゃ、ナオさん。頑張ってくださいね～！』

ブンブンと手をふりながらランランが消える。

僕は大きく深呼吸をすると、思いきって前に進み出た。

「ダストン様」

名を呼んだ途端、みんながギョッとした顔でこちらを見る。

「せっかく町に来ていただきましたし、良かったらうちでお食事でもいかがですか？」

「ナオ！　おまえ気でも狂ったか!?」

ハンスさんが大慌てで僕の肩を掴んでガクガク揺さぶる。

うん。やっぱりこういう反応になるよね。

「まぁまぁ、落ち着いてください。お腹が空くとイライラしちゃうでしょう？〜」

だから赤ちゃんはわんわん泣くんだ。

小声で話す僕らを、ダストンは訝しげに睨んでくる。

「おい、料理屋。この俺に出せるようなものをおまえに作れるのか？」

「領主様が普段どんなものを召し上がっているのかはわかりませんが、看板料理のポトフならよろこんでいただけるかと。近隣の国からも食べにきてくださる方が大勢います」

「ほう。ポトフというのはなんだ」

「ベスティアの煮込みです」

そう言った途端、ダストンの顔が嫌そうに歪む。

あー、久しぶりに見たな、この反応。

店をはじめたての頃は「ベスティアの煮込み」と言うだけで皆こんな顔をしたものだ。

今では町の人たちはもちろん、隣町の人でさえ一度は食べたことがあると言われるほどで、みんな両手を広げて大歓迎だったから新鮮だ。

「そんなものしか出せないのか。それも看板料理だと？　とんだ飯不味屋《めしまずや》だな」

「それは食べてからおっしゃってください。後悔はさせませんから」

「この俺を納得させられるのか？」

「はい。きっとご満足いただけると思います。ぜひ」

そしてその癇癪玉《かんしゃくだま》をとっととおとなしくさせてください。

心の中で本音をブチ撒けた途端、頭の中で『ふふっ』という笑い声がした。

あはは。ランラン、聞いてたね。

つられそうになる僕の前で、ダストンが恩着せがましく大きなため息をついた。

「そこまで言うならしかたない。特別に食ってやろう」

「ありがとうございます」

一礼する僕のすぐ横で、アンナさんが「ナオの料理を『食ってやろう』だなんて！」とプリプリしている。

怒ってくれる人がいるって本当にありがたいよね。

目でアンナさんにお礼を伝えつつ、子供たちとそれぞれ手をつなぐと、僕はダストンを店に案内する。

せっかくなのでザザさんも誘ってはみたものの、案の定「またの機会に」と、すうっと姿を消してしまった。

まぁ、件《くだん》の主と一緒っていうのは嫌かもね。

ちなみに、僕たちの後ろにはラインハルト団や、ご近所の皆さんもついてきてくれた。その顔には「ダストンが暴れたら全力で止める」と書いてある。ありがとうございます。心強いです。

「こちらです」

マーケットから大通りを少し行き、通りに突き出した『リッテ・ナオ』の黒看板の前で止まると、ダストンと従者はジロジロと店の中を見回した。

「貧相な店だな。こんなに狭くてやっていけるのか」

「僕ひとりで回していますから。これぐらいがちょうどいいんです」

「せせこましくてかなわん。これで不味かったら目も当てられんな」

文句を右から左に聞き流しつつ奥のテーブルを勧める。

けれど、ダストンはなぜか席にはつかず、カウンターを覗きこんできた。

「作っているところを見せろ」

「はぁ」

「おまえが俺の食事に毒を入れないとどうして言える。俺は自分の目で確かめるぞ」

「へっ？」

　あいかわらず想像の斜め上を行く人だな。

　……いやいや。五十を超えた赤ちゃんだ。なんにでも興味津々なだけだ。

　自分に言い聞かせるつもりが、うっかり噴き出してしまいそうになる。

　赤ちゃん戦法、意外と使えるな。嫌なこと言われてもスルーできる気がしてきたぞ。

　おかげで、にこやかにカウンター用の椅子を勧めることができた。

「それならどうぞ、こちらのスツールをお使いください。立って見てると疲れますから。リー、ルー。いつもみたいに座る？　他の皆さんも、せっかくですしお好きなテーブルで食べていってください」

「すわる！」

「ルーも！」

　リーとルーが器用にスツールによじ上る。

　ラインハルトさんたちも周囲に目を配りつつ、いつもの席についてくれた。

　それじゃ、はじめるとしますか。

まずは袖を捲り、いつもより念入りに手を洗う。毒なんて使いませんよのアピールだ。

次に、調理台の上に材料を並べた。

用意するのは魔獣ベスティアの塊肉、タマネギことディール、ジャガイモそっくりの芋、それからハーブ類。味つけのための塩と、風味づけのためのアンナさん特製のヴィヌマを揃えれば準備完了だ。

さぁ、ブライニングからはじめるぞ。

肉を大きめに切って塩水に入れ、いつものとおり右手を翳した。

「タイム、〈フォワード〉！」

時空魔法を唱えれば、あっという間に鍋の中だけ二時間進む。

それを見るなり、ダストンはチッと舌打ちした。

「これ見よがしに魔法なんぞ使いおって」

「すみません。お待たせするのは申し訳ないので、時間を短縮させてもらいました」

口ではブツブツ言ってるけど、そのわりに僕の手元をガン見してるのは知ってますよ。

従者の人たちなんて口を開けて見入ってるじゃないか。魔法使いを嫌ってるふうなのに、なんだか変なの。

気を取り直して塩水を捨て、鍋に肉と真水、それからヴィヌマを入れて火にかけた。

アンナさんが身を乗り出してこちらを見ているのがわかる。

ありがたく使わせてもらってます！

僕が感謝のウインクを送ると、アンナさんも顔をくしゃっとさせて笑ってくれた。

鍋が煮立ったら猛烈に浮いてくるアクを取り除き、ハーブ三種の神器ことローネルの根、セラディウムの葉、メントゥム草を束《たば》にしたものを放りこむ。

コトコト煮込んでいる間にディールや芋の皮を剥いて丸ごと加え、ディールの葉っぱもザクザク切って一緒に入れた。これは僕の思いつきだけど、郷土料理のポトフにも長葱《ながねぎ》を入れるレシピもあるしね。

肉の旨味がスープに溶け出し、そのスープを野菜が吸う。根菜から出るおいしい出汁もまた然《しか》りだ。

シンプルに塩で味を調え、具材がやわらかくなるまで煮込んだらでき上がり。

深皿にポトフをよそい、ハンスさんが焼いたパンや、アンナさんが仕込んだヴィヌマとともに出すと、ダストンと従者はいっせいに皿に覆い被さるようにして目を瞠った。

「な、なんだこれは」

「これがベスティアなのか……？」

「すげぇうまそうな匂いですよ、ダストン様」

不思議そうに顔を見合わせている。

ダストンは匙《さじ》を取ると、ごくりと生唾を飲みこんだ後で、思いきって肉を口に運んだ。

「……！」

その瞬間、彼の目がカッと見開かれる。

立て続けに二口、三口と忙しなくスプーンを動かす様子に驚いていた従者たちも、我に返るなり自分たちもポトフを口に運んだ。

「……！」

「……！」

そうして同様に目を輝かせる。

後は同じく、怒濤の勢いで食べ進めていくばかりだ。

こういう反応、懐かしいなぁ。店をはじめたばかりの頃は毎日こうだったっけ。

ハンスさんやアンナさん、それにラインハルトさんたちとも目配せしては頷き合う。

どうやらパンやヴィヌマも気に入ってもらえたようで、ダストンらの前からは瞬く間に食べものがなくなっていった。

ふふふ。ハンスさんがニヤニヤしてる。アンナさんもすっかりご機嫌だ。

まったくわかりやすいんだから。

でも、自分が作ったものを気に入ってもらえたらうれしいよねぇ。

僕もつられてニコニコしながらみんなにポトフをサービスして回り、最後にカウンターでおとなしくしていたリーとルーにも小さな器《うつわ》によそって出した。

「ふたりとも、いい子にしてて偉かったぞ」

右手をリーに、左手をルーに伸ばしてやさしく頭を撫でてやる。

ふたりはうっとり目を細めながら僕を見上げて「ふふー」と笑った。褒められて得意になっている時の笑い方だ。

それでも、大騒ぎしてはいけないと肌で感じているのか、笑い方は控《ひか》えめだ。

「リー、えらい」

「ルーも、えらい」

「うんうん。偉い。とっても偉いぞ」

内緒話のようにこしょこしょ話すのさえかわいくて偉い。

やっぱりうちの子たちは最高だな！

そうこうしているうちにダストンたちが食べ終わったようだ。

空になった皿にスプーンを置くタイミングを見計らって、僕は食後のお茶を出した。

「なんだ、これは」

ダストンがカップの中を覗きこむ。

「ハーブティーです。消化を促す効果があるので、よかったら」

「消化だと？　なぜそんなことを知っている」

それは、ステータスパネルくんが優秀だからです！

「えーと、その、香草に興味があって……」

魔法嫌いなダストン相手に魔法の話をするのも良くないだろうと、適当に誤魔化した。

これでも嘘は言ってない。

彼は怪訝な顔をしていたものの、意外と素直にハーブティーを口にした。

やっぱり人間、お腹が満たされると落ち着くよね。なにかを受け入れる準備が整う。

「ポトフはいかがでしたか」

「まぁ…、悪くはなかった」

よし。懐《ふところ》に入ったぞ。

一気に畳みかけたい気持ちを抑えて、まずは現状を訴えることにした。

「気に入っていただけて光栄です。ポトフには、この町の方々が作った野菜やヴィヌマを使っています。この町の方々が仕留めたベスティアも。お出ししたパンもそうです」

「だからどうした」

「この町には、素晴らしい腕や経験を持つ人がいます。誠実で裏表のない人ばかりです。税を払うのが嫌だから滞納《たいのう》しているんじゃありません。払いたくとも、払えるものが今はないんです。どうか、それをわかってやってください」

話すにつれてダストンの顔が険しくなる。

彼は自らに発破《はっぱ》をかけるように「ハッ」と鼻で嗤った。

「それとこれとは別の話だ。誰が恩情など」

「ですが、魔獣が出る限り城壁の外には行けません。元のイアに戻らない限り、すべては元のようにはいきません」

「俺の知った話ではない」

「二度とポトフが食べられなくなってもいいんですか」

つい語気が荒くなる。

案の定、ダストンは「なんだと」と眉をつり上げた。

「ベスティアを狩ることができなくなれば……いいえ、野菜だってそうです。ハーブも、ヴィヌマも、なにもかも。食材が手に入らなくなれば料理を作ることはできません」

「そんなもの、掻き集めてでもなんとかしろ。俺の分さえ作ればいい」

「なっ」

この横暴さったら……！

いくら五十を超えた赤ちゃんだろうと、個人の我儘と領主の仕事は別なはずだ。

どう返したものかと考えていると、なぜかダストンがニヤリと嗤った。

「いいことを思いついたぞ。俺はおまえの料理が気に入った。だがおまえは、イアが元に戻らなければ税も納められず、ポトフも食べられないと言う。そこで、特別に交換条件をやろうと思う」

「交換条件、ですか？」

「なに、簡単なことだ。おまえが俺の城の料理人になるならザザを解放してやる。正式に契約を解除すればあいつは自由だ。そうすれば、当てつけに放った魔獣たちも森に帰り、元のイアに戻るだろう」

「…………え？」

それは、あまりに思いがけない提案だった。

僕が、お城の料理人になる？

そうすればイアは元に戻る？

ぽかんとしたままの僕とは対照的に、ハンスさんが音を立てて椅子から立ち上がった。

「早まるなよ、兄弟！　せっかく立ち上げた店じゃねぇか」

続いてアンナさんも立ち上がる。

「そうだよ、ナオ。あんたがいなくなったら子供たちはどうするんだい」

「あ…」

ハッとして子供たちの方を見る。

リーとルーも同じように目をまん丸にして僕を見ていた。

「ナオ…」

「ニャオ…」

心細いことがある時の顔だ。これまで何度か見てきたけれど、今が一番胸にこたえる。

「ダストン様」

とっさに目で訴えたものの、ダストンは首をふるばかりだった。

「おまえを召し上げてやると言っているんだ。ガキなんぞいらん。捨ててこい」

「この子たちは僕の大切な家族です。捨てることなんてできません」

「それならこの話はなかったことになる。それだけだ」

「……っ」

悔しさに下唇を噛む。

そんな僕を見て、ダストンは愉しそうに目を細めた。

「いいのか？　イアを救う唯一の手段だ。おまえの判断にかかっているぞ」

「ナオ！」

「やめろ、ナオ！」

ラインハルトさんたちも口々に叫びながら立ち上がる。

それを一瞥し、優越感にニヤリと嗤うと、ダストンは再びこちらに向き直った。

「返事は待ってやる。それまでじっくり考えるがいい」

ダストンが従者を連れて店を出ていく。

ドアが閉まった途端、皆がいっせいにカウンターに詰め寄ってきた。

「ナオ。あんなやつの言うことに耳を貸さなくていいんだからね」

「そうだぜ、兄弟。俺たちはおまえを生贄《いけにえ》になんてさせねぇからな」

「町を守るのは俺たちに任せろ。ナオはリッテ・ナオを守ってくれ」

「ナオの料理をあいつに独占させてたまるかよ。ポトフはみんなのもんなんだ」

「ナオちゃんがいなくなるなんて絶対にダメよ。リーちゃんやルーちゃんに会えなくなるのも耐えられないわ」

「わたし、ナオさんのお宿に泊まるのが冒険の一番の楽しみだったんです。なくさないでほしいです」

アンナさんに、ハンスさん。それにラインハルトさん、ヴェルナーさん、デメルさん、ソフィアさん。みんなの必死な顔を見ているうちに胸の奥がぐうっと熱くなった。

「ありがとうございます。皆さんがやさしくて、ちょっと泣きそうです」

「なに言ってんだよ、バカだなぁ。俺たちは兄弟じゃねぇか」

「そりゃあんたが勝手に言ってるだけだろ」

「うわ、ひでぇな」

アンナさんのツッコミに思わず噴き出す。

そんな僕を見て、一瞬ぽかんとしたハンスさんやラインハルト団のメンバーもつられるようにしてみんなで笑った。

「本当にありがとうございます。僕もここにいたいです。皆さんと一緒に」

「だよな！」

「よく言った」

「約束よ、ナオちゃん」

皆はそうすることが当たり前というように食べ終わった食器を下げてくれたばかりか、お代はいらないと言ったにもかかわらず僕のポケットにポトフの代金を捻じこんで笑顔で帰っていく。

パタンと閉まったドアを見つめながら、自分がつくづく恵まれていることにあらためて嘆息した。

「あんないい人たちに出会えたからこそ今があるんだよな……」

じゃなきゃ、とっくに廃業したに決まってる。いや、そもそも店を立ち上げることすらできなかったかもしれない。だから、こうしていられるのもみんなのおかげだ。

そして。

「リーとルーのおかげでもある」

心配そうにカウンターの隅っこでこちらを見つめる子供たちに笑いかける。

ふたりはそろそろと近寄ってくると、小さな手で僕のズボンをきゅっと握った。

「ナオ。どっか、いっちゃうの？」

「行かないよ」

「でも……」

「行かないよ。そんなことしない。させるもんか」

目の前にしゃがみこみ、右腕にリーに、左腕にルーに伸ばしてぎゅうっと抱き締める。

胸に収まったふたりはようやく安心したように「んー」と声を上げた。

リーは感触を確かめるように何度も頭を擦りつけ、ルーはひたすら僕の匂いをかぐ。

グリグリされるとちょっと痛いし、ふんふんされると息がくすぐったいけど、それすら全部愛おしい。

「ふたりとも、心細い思いさせちゃってごめんな」

「ナオ…」

「ニャオ…」

「僕はふたりが大好きだよ。だから、絶対に手を離したりしない」

この手で育てると決めた時から僕たちは家族になったんだから。

何度も背中をさすってやっているうちに、ふたりも少しずつ表情を和らげていった。

「今日は夜の仕込みまで三人で楽しいことしよう。リーとルーはなにがしたい？　一緒におやつでも作ろうか？」

「……おやつ？」

お、ルーが反応したぞ。

その表情はまだ心配半分、でも期待半分ってとこだ。うんうん、正直でよろしい。

「そうだ。久しぶりに木苺のトルテを作ろうか。ふたりとも好きだろ？」

「す、すき！　リー、すき！」

「ルーもすき！　だいすき！」

よしよし、リーも反応したな。頬を上気させながらルーと顔を見合わせている。

僕はふたりの頭をやさしく撫でると、それぞれの小さな手を取った。

「それじゃ、とっておきのトルテを作ろう。ふたりに『トルテの歌』を歌ってほしいな。ト、ト、トルテ、トルテッテ……って。できる？」

ふたりの真似をして歌ってみせると、子供たちはようやく、にぱっ！　と笑った。

「リー、できるよ！」

「ルーもできるよ！」

「よーし。じゃあ、着替えておいで。どっちが早くできるかな？　それ！」

「きゃー！」

「ひゃー！」

背中をポンと押すや否や、ふたりは歓声とともに二階に駆け上がっていく。さっきまでふにゃふにゃになっていたのなんてもうすっかり忘れたみたいだ。

「ふふふ。元気だなぁ」

リーとルーの明るさには助けられてばっかりだ。

だから僕も、ふたりにはできるだけのことをしてあげなくちゃな。

そんな思いとともにマジックバッグに手を突っこむと、材料を片っ端から調理台の上に並べた。

まずはいつものディンケル小麦粉。それから、アーモンドプードルの代わりにナッツを粉状にしたものと、ベーキングパウダー代わりの膨《ふく》らまし粉。室温に戻したバターと卵、粉砂糖、そしてメインとなる木苺のジャム。

ジャムの入った大瓶を取り出しながら、つい思い出し笑いに頬がゆるんだ。

これを作った時も大騒ぎだったっけ。

なにせ、甘いものに目がない子供たちだ。木苺のジャムなんて煮た日には、キッチンにすっ飛んできて思う存分甘い香りに酔いしれる。リー&ルーいわく「しあわせのにおい」なんだそうだ。

うんうん。ふわふわのあま〜い香りは幸せな気持ちになるもんな。

僕が木べらで鍋を掻き回している間は「はわ〜ん」「ふわ〜ん」と夢見心地の子供たちだけど、唯一キリッとなるのがお味見係を務める時だ。

まだ湯気《ゆげ》を立てているジャムをそ〜っと指で掬って、ペロリと舐めるというアレだ。

「どれどれ。どんなぐあい、かな？」

「ふむふむ。もうちょっと、かな？」

大真面目に頷きながら、内心は「なんとかもう一口お味見できないか」と苦心する姿がおかしくてかわいい。

そんなふたりが好きなのが、使い終わったヘラをペロペロすること！

お行儀《ぎょうぎ》が悪いから絶対よそではやらせないけど、まぁ、家の中なら目を瞑《つぶ》りましょう。僕だって子供の頃は、カップアイスの蓋についたアイスクリームをこっそり舐めて育ったもんです。

なんか特別感があるんだよねぇ。だからふたりの気持ちはよくわかる。

ちなみにリーもルーも、ヘラの先っちょでちょっと固まったところが好きなんだって。

いくらなんでも通《つう》すぎない……？

何度思い出しても笑えてしまう。今回もまた新鮮に噴き出しながら、僕は残りの材料を棚から取り出した。

ココアパウダーにバニラエッセンス、それからスパイスも忘れてはいけない。

ショウガに似た風味のスパイスを生地に加えることで爽やかな香りが楽しめるし、味にぐっと深みも出るのだ。

「そういえば……」

香辛料《こうしんりょう》の入った小瓶を手にしたところで、ふと、懐かしい顔が頭に浮かんだ。

これを売ってくれた輸入商品店の主は元気だろうか。

イアでは手に入らないスパイスをはじめ、このココアパウダーも、バニラエッセンスも、全部彼に頼んで仕入れてもらったものだ。

最初のうちは「なにに使うんだ？　こんなもん」と不思議そうな顔をしていた主人も、作ったものをお裾分けに持っていったら大よろこびしてくれたっけ。それ以来、リッテ・ナオ御用達《ごようたし》としてよく利用させてもらっている。

そんな彼も、キャラバンが来なくなってからは商売上がったりだろう。かく言う自分も最近は店から足が遠退いていた。

「そういう人が、きっとたくさんいるんだよな……」

閑散としているマーケットがいい例だ。

そしてそんな由々《ゆゆ》しき事態は、状況が変わらない限り決して解消することはない。

調理台に置いたスパイスの瓶をじっと見つめる。

その時ふと、ダストンの言葉が脳裏を過った。

――城の料理人になるならザザを解放してやる。

「僕が行けば、町は助かる……」

口にした途端、血の気が引くのが自分でもわかった。

とても考えたくないことだけれど、もしも僕がダストンの言うとおりにしさえすれば、イアはもう魔獣に脅かされることがなくなる。作物を育てることができるようになるし、家畜ものんびりと牧草を食むことができるだろう。魔草や薬草も採取できるようになり、キャラバンも安心して通ってくるはずだ。

すべては元通りになる。

唯一、自分が大切にしてきたものを除いては。

「そんなの嫌だ」

子供たちも、この店も、町の人々とのつながりも、絶対に失いたくないものばかりだ。

自分を励ましてくれた人たちの顔を思い浮かべ、僕はきつく唇を噛んだ。

それなのに。

――イアを救う唯一の手段だ。おまえの判断にかかっているぞ。

記憶の中のダストンがグラグラと揺さぶりをかけてくる。

それは意識深くまで入りこみ、ひとつの覚悟を思い出させた。

かつて僕は誓った。

ある日突然召喚され、右も左もわからなかった自分に親切にしてくれたイアの人たちにいつか恩返しをするんだと。自分にできる精いっぱいで必ず役に立つんだと。

「それが……今だとしたら……？」

ごくりと喉が鳴る。

「そうだとしたら、役目を引き受けることが一番の恩返しになるんじゃないのか？」

胸の痛みに顔を歪めた、その時だった。

『ちょっとナオさん！　なに考えてるんですかっ！』

とんでもない大声が頭の中で響き渡る。

「ラ、ランラン……？」

『さっきあれだけ皆さんがダメだって言ったでしょうが。第一、ナオさんが城の料理人になったからって魔獣が森に帰るとは限らないんですよ。そんなのただの推測でしかないんですから』

「でも」

可能性があるなら賭けてみるしかないんじゃ……。

そんな僕の思いを読んだらしいランランは、ついに大きく息を吸いこんだ。

『んもおお！　いつもの前向きさはどこ行ったんですか。子供たちもお店も周りの人も、全部守ってこそナオさんでしょうがーっ！』

キーーーーン！

仰《の》け反るほどの大声だ。頭の中でぐわんぐわん反響している。

しばらく目を瞑って衝撃をやり過ごした後で、僕はふるふると頭をふった。

「ひー……久々に聞いた、ランランの絶叫《ぜっきょう》」

『ぼくだって怒る時は怒るんですからねっ』

おっちょこちょいのチビ天使が顔を真っ赤にしてプンスカしているのが目に浮かぶ。

それはそれでかわいいかも。それにちょっとおもしろい。

こんなことを考えているのがバレたら火に油を注ぐかもしれないと思ったものの、ランランは怒らなかった。

その代わり、届いたのはしんみりした声だ。

『ぼくは、ナオさんのことが大事だから怒ってるんですからね。ナオさんには絶対幸せになってもらいたいんです。……そりゃ、間違えて召喚しちゃったって事情はありますけど、そんなこと抜きに、大切なお友達には幸せになってほしいじゃないですか』

「ランラン……」

思いがけない言葉に胸の奥が熱くなる。

「ランラン、いいやつだったんだな……」

『でしょう。ぼくはいつでもいいやつですよ！　なんてったって調和の神ですから！』

えっへん！

ランランがここぞとばかりに胸を張る。普段はスルーを決めこむ案件だけど、ええい、今日ばかりは許す！

なにより、ランランが僕のことを思ってくれてるのがわかるからね。

『ぼくもどうにかできないか考えてみますから、ナオさんも早まらないでくださいね』

「うん、わかった。ありがと」

『それじゃ、おやつ作りも楽しんでください。ほんとはぼくも混ざりたいですけど……』

話がまとまった途端、本音がダダ洩れになるランランに笑ってしまう。

「神様がなに言ってんの」

『ぼくだってナオさんの手作り料理やおやつ、食べてみたいんですよ』

「そんな機会があるといいね。その時は、ランラン特製バージョン作ってあげるから」

『えっ、ほんとですか！　うっふっふ〜。それはそれは楽しみです』

ふんふんと鼻歌を笑いながらランランが消える。

まったくもう、なんて現金な神様なんだ。それもとびきり人情家の。

「お友達には幸せになってほしい、か。……ふふふ。いいこと言うなぁ」

頭の中で『はっくしゅん！』と派手なくしゃみが響き渡る。

それにくすりと笑いつつ、僕は気持ちを切り替え、にぎやかな足音を迎えるのだった。

6．絶品ポトフは町を救う～皆は一人のために～

イアの町で署名運動が起こったと聞いたのは、それから一週間後のことだった。

なんでも、ハンスさんやアンナさんが発起人《ほっきにん》となり、リッテ・ナオを潰さないようにと町中の人に声をかけてくれたらしい。

賛同してくれた人たちの署名はあっという間に数百も集まったばかりか、ラインハルトさんたちを経由《けいゆ》して隣町の人からも「自分たちも参加したい」と要望があったと聞いた。

「そ、そんなことってあるんですか？」

カウンターの上に、ドン！　と置かれた署名の束たるや。

それを見て、ようやく絞り出した第一声がこれだ。

だって！　まさか！

片づけを手伝ってくれていた子供たちも目をまん丸にして分厚い束を見上げている。

一様に口をぽかんと開けている僕たちを見て、ハンスさんがニヤリと笑った。

「だから言ったろ？　おめぇは俺たちの大切な仲間だってよ」

「困った時はお互いさまだ。損得勘定なしに手を差し伸べるのが兄弟ってもんだろ」

アンナさんの旦那さんも口を揃える。

ふたりはガシッと肩を組み合い「ガッハッハ！」と大声で笑った。さすが幼馴染み同士、息ぴったりだ。

そんな亭主と腐れ縁仲間に眉尻を下げながら、アンナさんも目を細めた。

「ナオ。あんたがどんだけ町に貢献してくれたか、あたしたちはちゃーんと知ってるよ。だからあたしたちもあんたのためになにかしたいって思うんだよ。もちろん、子供たちのためにもね」

アンナさんはそう言うと、エプロンのポケットからなにか取り出す。

「最近、うちの子がコマ作りに凝っててねぇ」

見れば、どんぐりによく似た木の実の芯に、細い棒を挿したコマだ。アンナさんが指で捻りながら床に投げると、それは遠心力の力でくるくると回った。

「おおおっ！」

「まわった！」

子供たちは一瞬で心を奪われたようだ。

「ふふふ。気に入ったかい？」

「リー、これ、やりたい！」

「ルーも！　ルーもやりたい！」

「はいはい。そう言うと思っていっぱい持ってきたからね。好きに遊びな」

テーブルの上にコマを山盛りにされるなり、子供たちは「ひゃああ！」と歓声を上げた。小さな指先でコマを摘まみ上げ、アンナさんがしていたように夢中になって回しはじめる。その集中力といったらまさに真剣そのものだ。

「やった！　リーのかち！」

「もっかいやる！　もっかいやる！」

コマ回し競争まではじまったらしい。こうなったら、しばらくは話しかけても聞かないだろう。

特にルーは負けず嫌いだから……いや、リーもずいぶん頑固《がんこ》だけど。

生き生きとした表情のふたりを眺めるうちに自然と頬もゆるんでくる。そんな僕と子供たちを交互に見ながら、アンナさんは「かわいいねぇ」と笑った。

「ただたどしいのがまたね」

「いつもいただいてばかりですみません」

「いいのいいの。うちにもまだいっぱいあるんだから。それに、子供たちのかわいい姿を見られるのはあんたがここにいてくれるおかげだよ」

アンナさんはそう言いながら署名の束を愛しそうに撫でる。

「これからも、ずっとこうだといいなと思ってみんなで集めたんだよ」

「アンナさん……」

「おかしいと思ったことには声を上げていかなきゃね。あんたはあたしたちにとっても、子供たちにとっても、絶対いてもらわなくちゃいけない存在だもの」

「そうだぜ。そのためなら署名運動ぐらいやってやらぁ」

「俺たちにも役に立たせろってんだ」

「皆さん……本当にありがとうございます」

いつの間に集まっていたのか、店の外にまで人が押し寄せている。

その顔ひとつひとつを見回しながら僕は深々と頭を下げた。まさか、こんなことをしてもらえるとは思わなかったんだ。

「やだね。顔上げとくれよ」

「こういうのは持ちつ持たれつって言うだろ。俺が困った時はよろしく頼むぜ」

ハンスさんがそう言った途端、アンナさんがやれやれと肩を竦める。

「ハンスの金欠《きんけつ》は自業自得だよ。落ちこんでるやつがいるといつも酒を奢《おご》ってやってさ」

「人間、たまにはパーッとやりたい時だってあるだろ。そんな時に不味い酒なんて呑めたもんじゃねぇ。憂《う》さを晴らすんならとっておきの酒じゃねぇとな」

「うちの樽、飲み干しちまうつもりじゃないだろうね。そんなことしたら身体を壊すよ」

「望むところじゃねぇか。うまい酒飲んで身体を壊すんなら本望だ」

「冗談じゃないよ。うまい酒にはうまいパンが必要なんだ。あんたが倒れたら誰がパンを焼くんだい」

「心配すんなって。俺はしぶとく生き続けるし、毎日焼き続けてやらぁ」

ドンと胸を叩くハンスさんと、「まったく、しょうがないねぇ」と言わんばかりに眉尻を下げるアンナさん。ふたりを見ながら僕もついつい噴き出してしまった。

こういうのも僕がイアを好きな理由のひとつだ。明るくて、義理人情にあふれていて、心から相手を心配したり尊敬し合えるような関係で結ばれている人たち。

「ほんと、ずっとこうだといいですね」

「おい。今のでそう思ったのか？」

「ただの大酒飲みの話じゃないか」

顔を顰めるふたりに笑っていたところで、聞き慣れた声が割りこんできた。

「ずいぶんと集まったようじゃな」

「ユルゲンさん」

人々の間からギルド長が顔を覗かせる。

ユルゲンさんはすぐ前までやってくると、カウンターの上の署名の束に目をやった。

「町の連中がこんなに一致団結するのを見るのは久しぶりじゃ。それだけこの店が大切に思われている証じゃろう」

ハンスさんがユルゲンさんに束を渡す。

「ギルド長。よろしく頼みます」

「あぁ。確かに」

ユルゲンさんは重みを確かめるように見下ろした後で、もう一度こちらに顔を向けた。

「ギルド長として、領主様のところへ届けてくる」

「えっ。ダストン様のところに行かれるんですか」

「これは、イアからの正式な嘆願書じゃ。これだけのものがリッテ・ナオの存続を願っておると知ってもらわねばならん」

「でも……」

その気持ちはうれしいし、本当にありがたいことだと思うけど、領主に逆らったりして大丈夫なんだろうか。ユルゲンさんや町の人たちに酷いことをされないだろうか。

不安に目を泳がせる僕に、ユルゲンさんは力強く頷いた。

「確かに、領主様は意見されることを嫌うお方じゃ。しかし、儂らには儂らの意志があり、暮らしがある。失う前にできることはなんでもしなくては」

ユルゲンさんの言葉に、周囲から「そうだそうだ」と賛同の声が上がる。

「なくしてからじゃ遅いんだ」

「言いたいことは言っていくべきさ」

「これからもナオの料理が食いたいからな」

「ありがとうございます。なんとお礼を言ったらいいか――実はあの後、やっぱり僕がお城に上がった方がいいんじゃないかって思ったりもしたんですけど……」

「あぁ!?」

すかさず凄《すご》んだのはハンスさんだ。

「だからダメだっつっただろ！」

「それだけはダメだよ、ナオ！」

「あっ、はい。それが良くわかったので、早まらなくて良かったなって……」

ぽかんとしたハンスさんたちが一拍置いて笑い出す。

「びっくりさせせんなよ、もう」

「まったく人騒がせな子だよ」

みんなの笑い声に混じって頭の中でも『ふふっ』と声がする。今回ばかりはランランのファインプレーの賜《たまもの》だ。おかげでみんなの努力を無駄にせずに済んだ。

「それじゃ、預かっていくとするかの」

書類の束を抱え直すユルゲンさんに、僕は深々と一礼した。

「ありがとうございます。どうぞよろしくお願いします」

「あぁ、確かに。行ってくる」

みんなでイアの代表者を送り出す。

どうかうまくいきますように。

僕たちの思いをわかってもらえますように。

そんな期待とともに、その後ろ姿が見えなくなるまで見送った。


皆の思いを詰めこんだ署名だったが、事はそう簡単には運ばなかった。

嘆願書を目にしたダストンは心を入れ替えるどころか、さらに意固地《いこじ》になったようで、翌日夕方には領主専属の小規模な軍隊を率《ひき》いてリッテ・ナオに押しかけてきた。

その数たるや、店をぐるりと取り囲み、それでも足らずに大通りまであふれるほどだ。

黒い羅紗《らしゃ》の戦衣を纏った十数人の男たちが剣を手に圧《あつ》をかけてくる様子は誰の目にも異常なほどで、たちまち店の周囲には二重三重の人集りができた。

「な、なんだ、ありゃ……」

「軍隊だ。軍隊が攻めてきた！」

「なんでこんなとこに軍隊が来るんだよ」

食事をしていたお客さんも驚いて席を立つ。窓に群がり、外を見ては誰もが恐ろしさに身をふるわせた。

「皆さん、下がっていてください。窓を割られたら危ないです」

慌ててお客さんたちを窓から離し、店の奥に誘導する。

「リー、ルー。おいで」

それから目をまん丸にして固まっている子供たちをひとりずつ抱えて二階に上がると、そのまま寝室に連れていった。

「いいか。ふたりとも、僕がいいって言うまで絶対に下に降りてきちゃダメだぞ」

「ナオ…」

「ニャオ…」

「うんうん。怖いよな。本当は一緒にいてやりたいけど、今はごめんな」

店の主として、お客さんたちの安全を守らなくてはいけない。それが僕の料理を好んで食べにきてくれた人たちへの僕なりの誠意の示し方だ。

ふたりをぎゅっと抱き締め、それぞれの額にキスをする。

断腸の思いを察してか、子供たちも伸び上がって僕の頬にキスをくれた。

「リー、だいじょぶだよ！」

「ルーも、だいじょぶだよ！」

「ふたりとも……」

「ナオ、こわかったら、いいな。リーがまた、やっつける！」

「ルーも、わるもの、やっちゅける！」

そう言って、「えいや！」と見えない剣をふり下ろす。

その勇《いさ》ましいことと言ったら！

「ありがとうな、ふたりとも。その気持ちだけで今は充分」

またも臨戦態勢に入りそうなリーとルーをベッドに押しこみ、頭から毛布を被せると、僕だけもう一度階下に向かった。

階段を降りている時から、ドンドンドン！　と激しく扉を叩く音が聞こえてくる。

「領主様のお出ましだ！　ここを開けろ！」

「はい。ただいま」

急いでドアに駆け寄り、内側に開くと、男たちが一気にドドッと傾れこんできた。

彼らは店の壁に貼りつくようにして怯えている人々を一瞥するなり、高圧的に声を張り上げる。

「おい、おまえら！　なにをぼんやりしている」

「領主様の御前であるぞ。頭《ず》が高い！」

人々はハッとしたように慌ててその場に跪く。

黒尽くめの男たちが二手に分かれたかと思うと、その中央をダストンがゆったりとした足取りでこちらに向かって歩いてきた。

「久しぶりだな。いや、十日かそこらか。その間に、こんなものを見せられるとは思わなかったが」

ダストンはそう言うや、床に嘆願書の束を投げ捨てる。

「町民ごときがこの俺に嘆願だと？　署名運動だと？　ずいぶんと生意気なものだ」

「……！」

泥のついたブーツで束を足蹴にされ、カッとなった。

「そんなことをするのはやめてください！」

「あぁ？」

ダストンが胡乱《うろん》な目を向けてくる。

それでも怯《ひる》んでなどいられなかった。

「それは、この町の人たちが僕のために一生懸命集めてくれたものです。みんなの思いを伝えるためにまとめたものです。どんな権力の持ち主だろうと、それを足蹴《あしげ》にする権利はありません」

「おい、ナオ！」

鍛冶屋の主人が焦ったように僕の袖を引く。

「ほう。この俺に説教をしようというのか。いいご身分だ」

　ダストンは足音荒く近づいてくると、持っていた杖で、ドン！　と僕の足を突いた。

「痛っ……！」

「おまえはいつからそんなに偉くなった？　少し名を馳せたくらいで、こんなちっぽけな店の亭主風情《ふぜい》が」

　動揺する人々を尻目にダストンが顔を覗きこんでくる。

「おまえたちを助けるために提案してやったんだぞ？　それをありがたく思うどころか、突っぱねるなど言語道断。おまえはイアがどうなってもいいのか？」

「……っ」

　痛いところを突かれ、唇を噛んだ。

　イアを元通りにしたいという思いは強い。

　けれど、大切なものを失うわけにはいかない。店をなくすわけにはいかない。こうして僕のために嘆願書を集めてくれた人たちに、僕は全力で応え続けなくちゃいけない。

　汚された紙の束をじっと見つめる。

「………………」

　返答せずにいると、それをどう解釈したのか、ダストンは嫌な薄笑いを浮かべた。

「なるほど。おまえはイアがどうなってもいいんだな。おまえのせいでこの町が滅びても構わんと」

「そんなことはさせません」

「ほう。どうやってだ」

「そ、それは……」

言い淀《よど》んだ、まさにその時。

バタバタという足音が近づいてきたかと思うと、大きな音を立ててドアが開いた。

「ナオ！　大丈夫か！」

「ハンスさん！　それに、ラインハルトさんやユルゲンさんも……」

駆けこんできた一行に目が丸くなる。

ラインハルト団のメンバーはいつもどおりだけど、ハンスさんなんて息切れしてるし、ユルゲンさんに至ってはゲホゲホと咳きこむ始末だ。

「ちょっと大急ぎで来たからよ。ギルド長、しっかりしてくんな」

「わ、儂なら…、大丈夫じゃ……」

ハンスさんはパン屋ならではの逞しい腕で横からユルゲンさんを支えると、あらためて室内の惨状を見回した。

「こりゃおだやかじゃねぇなぁ。店の前もえらいことになってるぜ。ギルドに駆けこんで正解だったな」

パンの配達途中に異常事態を目にした彼が、ギルド長たちを呼んできてくれたらしい。

「どうやら俺たちで役に立てることがありそうだ」

その隣でラインハルトさんたちが戦闘態勢に入る。

すかさず、ダストンの軍隊がラインハルト団の前に立ち塞がった。

「立ち去れ。冒険者などお呼びではない」

「生憎《あいにく》だが、ここは俺たちの定宿なんだ。リッテ・ナオをなくされたら困るんでな」

「ほう。おまえたちもこいつの仲間か」

「俺たちがこうして頑張れるのもナオのおいしい料理のおかげだ。そこの領主様だって、ナオの腕を認めたからこそ城に迎えようとしたんだろう」

「ただし、独り占めしようとしたことに関しては褒められたもんじゃねぇがな」

「食べものの恨みは恐ろしいって言うじゃない。ナオちゃんはみんなのものなのよ」

ヴェルナーさんやデメルさんもすかさず加勢してくれる。

やっとのことで呼吸が落ち着いてきたのか、ユルゲンさんも一歩前に進み出た。

「ダストン様。我々は正式な作法に則って嘆願書をお届けしたまでです。それに対して、あなた様がなさろうとしているのは武力による弾圧《だんあつ》でございましょう。それでは領主様と民衆との健全な関係とは言えません。どうか軍をお引きください」

「老いぼれまでが俺に意見をするようだな。祭を取り上げただけではまだまだ手ぬるいということか。だったら、今度はおまえらになにをしてやろうか」

ダストンがククッと喉奥で嗤う。

これに対し、成り行きを見守っていた人々からはいっせいに不満が噴き出した。

「まだなにかするつもりか」

「それでも人の心はあるのか」

「俺たちに祭を返せ！　俺たちの自由を返せ！」

ダン！

ダストンが重い杖を打ち鳴らした瞬間、恐怖に場がシンとなる。

「ようし、わかった。これからはもう四割などと生ぬるいことは言わん。おまえらの税を明日から十割にしてやる。収穫物はすべて俺に収め、俺からおまえらに配給してやろう。俺の許可を得たものだけが住み、俺のためだけに生きるのだ」

「なっ」

「がめついにもほどがある。俺たちに死ねって言うのか」

「誰がこんなやつのために生きるもんか。ここは俺たちの町だ。イアは俺たちのものだ」

「ええい。うるさい！」

ダストンは再び杖を打ち鳴らしたが、今度は人々の声が止むことはなかった。

「元はと言えば、おまえらが俺に背いたからだ。この男が原因だろうが！」

そんな中、ダストンは矛先を捻じ曲げようと僕を指さす。

「原因はナオじゃない。あんたがザザを扱《こ》き使ったせいだ」

「折檻や拷問を受けて平気な人間なんていないんだよ」

「そんなんだから捨てられるんだ。あんたを慕《した》うやつなんていない」

「な……なっ……」

ダストンはこちらに向けていた指を丸め、握りこんだ拳をわなわなとふるわせながら、もう片方の手に握った杖で何度も何度も床を打った。

「俺だ！　俺が捨ててやったんだ！」

もはや手のつけようもない。

ダストンはハァハァと肩で息をしながらギラつく目を人々に向けた。

「痛い目を見ないとわからんようだな。それならば、身をもって味わわせてやろう」

ダストンの合図で軍隊がいっせいに剣を抜く。

「……っ」

その瞬間、恐怖に背筋がぞくっとなった。

お客さんたちも息を呑んだまま硬直している。

ラインハルトさんたちは人々を守るように立ち塞がり、こちらも剣を構えた。

狭い店内にいくつもの刀身がギラギラと光る。

まさに一触即発の空気に生唾を呑みこむこともできない。

最後のひとり、ダストンが勢いよく剣を引き抜いた、その時だ。

「うわっ……！」

突然、部屋に強烈な光が現れた。

「なっ、なんだ……？」

その眩《まぶ》しさといったら、このまま溶けてなくなってしまうかと思うほどだ。誰もが腕や手のひらで顔を覆い、目を開けていられないほどの強い光に耐えようとする。それは僕らだけでなく、ダストンや軍隊の動きも封じ、一切合切を呑みこんだ。

どのくらいそうしていただろうか。

ふと、光がやわらいだ気がして顔を上げると、残光の中にひとりの青年が立っていた。年は十五、六歳ぐらいだろうか。純白の長衣を纏った、すらりとした立ち姿に既視感《きしかん》を覚える。輝くプラチナの髪を腰まで垂らし、おだやかに微笑んでいるその人こそ――。

「ランラン⁉」

いきなり大声を上げた僕をその場の全員がふり返る。

「うふふ。出てきちゃいました～」

場の緊迫感などものともせず、ランランがほわほわと笑った。

そのギャップたるや、浮くとかそういうレベルじゃない。これはちょっとした事故だ。

「で、出てきちゃいましたって……そんなことできるの？」

「できちゃうんですねぇ、これが」

でも、神様は実体化が難しいとか言ってなかったっけ？

そんなことを考えていると、頭の中を読んだのか、ランランは「そうですよう」と顔を顰めた。

「これでも大変だったんですからね。でも、ナオさんのピンチですから。眷属にもしものことがあれば助けに来るのが神様ってものですっ」

えっへん！

ランランが得意げに胸を張る。

それを見て我に返ったのか、それまで呆気に取られていたラインハルトさんが恐る恐る口を開いた。

「ナオ。割りこんですまないが、その方は？」

「えーと……一応、調和の神様です」

「調和の神様？」

「……！　もしや、ランゲルベルト様でいらっしゃるのでは。まさかお目にかかることができるなんて……」

さすがは魔法使い。ソフィアさんはすぐにピンときたようで、すっとその場に跪いた。

それを見たお客さんたちやラインハルト団のメンバーも慌てて彼女に倣う。

それでもランランは通常営業だ。

「あ、いいんですよ。お構いなく」

「ランラン。もうちょっと神様らしく喋んなって」

「え～～～。ぼくはそういうの、ちょっと……」

威厳もなにもあったもんじゃない。

けれど本人はまったく気にしないようで、ツカツカとダストンの前まで歩いていくと、悪戯っ子を叱るように両手を腰に当てて「メッ」をした。

五十を過ぎたおっさんに「メッ」って！

「なんだ。おまえは！」

ほら見ろ、言わんこっちゃない。

「突然現れたかと思えば、人をバカにしているのか。俺はイアの領主様なんだぞ」

「バカになんてしていませんよ。困った人だなぁとは思いますけど」

「ちょっとランラン！」

火に油を注いでどうするの！

ハラハラしながら見守る僕の前で、ランランはなぜか楽しそうに笑った。

「五十を過ぎた赤ちゃんって、本当にいるんですねぇ」

「なんだと！」

「しばらく様子を見させてもらいましたけど、そろそろ仲直りしていただきましょうかね。あなたもずいぶん意地になってしまったようですし、お相手の方も…、ね？」

ランランが誰もいないところに向かってウインクを送る。

すると、それに応えるようにすうっと人影が現れた。

「ザザ」

ランランに名を呼ばれるや、ザザさんがゆっくり目を開ける。

「ランゲルベルト様。お目にかかれて光栄でございます」

「おい」

再び声を上げたのはダストンだ。

「また許可なく俺の前に現れやがって……そっちのおまえもなんなんだ。さっきから人の前をフラフラと……」

「ダストン様」

ザザさんの鋭い声に、ダストンがピクリと片眉を上げる。

「ランゲルベルト様に大変失礼ではありませんか。調和の神であるランゲルベルト様は、この世界を守る四天柱《してんちゆう》のおひとりなのですよ」

「な…」

「ええっ」

素っ頓狂な声が出てしまい、慌てて両手で口を押さえた。

『ランラン！　そうなの!?』

『えーと、まぁ……』

頭の中で話せて良かったと今ほど思ったことはない。

焦《あせ》る僕とは対照的に、ランランは『えへへ』と笑いながら身をくねらせた。

『もう、そういうのは早く言ってよ！　そんな人に「おっちょこちょいのチビ天使」とか渾名《あだな》つけてた僕の身にもなって！』

『いやぁ、照れますねぇ』

『照れんでよろしいっ』

なんだってこう、自分のことには無頓着なんだこの神様はっ。

頭を掻《か》き毟《むし》りたいのを必死にこらえる僕をよそに、ランランは剣を手にしたままのダストンに向き合った。

「まずは、危ないものをお片づけしましょうかね。怪我すると痛いですしね」

そう言って、以前ザザさんがしたのと同じようにダストンの剣を鞘に収める。

驚いたのは、ダストンを囲んでいた軍隊もいっせいに武器をしまったことだ。黒尽くめの男たちはひとり残らず外に出され、店の中にはダストンと僕らだけになった。

「な、なっ……」

「仲直りをしているところは、あんまり見られたくないでしょう?」

「い、今のも魔法か。やはりおまえもインチキ魔法使いの仲間なんだろう!」

「ダストン様!」

怒りも露《あら》わにザザさんが詰め寄る。

それを「まぁまぁ」と手で制すると、ランランはダストンににっこり笑いかけた。

「ぼくは魔法使いじゃありませんよ。神様です!」

「神様、だと?」

「これでも『調和の神』ということになっているので、その名にふさわしくお仕事させていただきますね。まずはあなたに」

言うが早いか、ランランがダストンに向かって右手を翳す。

するとその手のひらからはやわらかな光が生まれ、ダストンの身体をふわりと包んだ。

「なっ」

「安心してください。あなたの心を素直にしたいだけです」

驚き、身を捩ってどうにか逃れようとしていたダストンだが、次第に力が抜けたように強張《こわば》りを解いていく。まるで安らぎを得たかのようだ。

「そうそう、上手ですよ。……あぁ、そうでしたか。あなたの心はずいぶんと戒《いまし》められていたんですね。こうなるまでにはいろんなことがあったんでしょう」

ランランがそっと眉尻を下げる。

ダストンの心そのものが彼には見えているんだろう。

はじめは「やめろ」「見るな」とそれでも抵抗をしていたダストンだったが、次第に光に導かれるようにして心の内を吐露《とろ》しはじめた。

「俺…、だって……辛、かった……」

「うんうん。わかりますよ。あなたの心が悲鳴を上げていますから」

「毎日……怖く、て……」

「そうだったんですね」

「よそのやつらに、攻めこまれ、たら……城を維持、できなく…、なったら……」

「ずっと気が気じゃなかったんですね。それで、厳格な領主であろうとした」

「それ……なのにっ……」

ダストンがぶるぶると頭をふる。

ランランはひとつ頷くと、もう一方の手も彼に翳した。

左手からはランランの瞳と同じくグレーがかった緑色の光が生まれ、ダストンの中に入りこんでいく。

新たな光を受けたダストンは苦しそうに顔を歪め、激しく身体を揺すり出した。

「な、にを……」

「大丈夫。痛いことも怖いこともしません……あなたは、あなたを律《りつ》しすぎたんですね。そのせいで見えない恐怖に取り憑《つ》かれてしまった。いつ誰に裏切られるか、いつどこから攻めこまれるか、疑心暗鬼《ぎしんあんき》の毎日はとても辛かったでしょう？　耐えきれなくなった心が赤ちゃん返りを起こしてしまったんですよ」

「な……ん、だと……」

「安心してください。まずは気持ちを楽にしましょう。あなたの心が作った不安はぼくが取り除いてあげますから」

緑色の光はさらに勢いを増していく。

しばらく苦悶《くもん》の表情を浮かべていたダストンも、光が弱まるにつれて顔色を取り戻し、呼吸も落ち着いていった。

ランランにポンと背中を叩かれて、ダストンがゆっくり両目を開く。

その顔は憑きものが落ちたようにすっきりしていて、別人と思えるほどだった。

「気分はどうですか」

「……信じられない。心が軽い……」

ダストンは右手を見、左手を見、それから大きく深呼吸をして身体の感覚を確かめる。

「おまえ……、いや、ランゲルベルト様。あなたが俺を……？」

「ほんの少しお手伝いをしただけですよ」

ランランは片目を瞑《つむ》ってみせると、あらためてダストンに向き合った。

「大変な思いをされてきたことはよくわかりました。でも、周りと喧嘩《けんか》ばかりしていたら助けてくれる人までいなくなっちゃいますから。どんなに強い軍隊を揃えても、あなたが本当にピンチに陥った時に助けにきてくれるのは、あなたを強く信じている人だけです。それはお金では買えない財産ですよ」

「そ…、それは……」

ダストンが目を泳がせる。身に覚えがあるんだろう。

そんな領主に、調和の神はにこやかに笑った。

「心配しなくとも、今から作ればいいんです。そりゃ、一度失った信頼を取り戻すことは大変かもしれませんが、でも、やるだけの価値はある。あなたにはその力があります」

「俺に……？」

「ええ。それにぼくだって、間違えてナオさんを召喚しちゃった時は土下座しましたし」

「ちょっとランランっ」

それは今言わなくていいでしょうが。

条件反射でつっこむと、ダストンはぽかんとし、ランランはいつもの顔で「うふふ」と笑った。

「まずは皆さんに謝りましょうか。それから、苦しい思いをさせたザザにもね」

「……っ。俺は領主で……！」

「どんな人でも『ごめんなさい』は大事ですよ。ね、ナオさん？」

「それ僕に聞く？」

思わず噴き出す。

「まぁでも、仲直りで一番大事なことだよね。あ、土下座とかはしなくていいんで……。まっすぐな気持ちさえあれば」

「だそうです」

ランランがにこにこ笑う。

ダストンはしばらくの間僕とランランを交互に見ていたが、やがて目を瞑り、ゆっくり深呼吸をした。自分の中にある葛藤と最後の戦いをしているんだろう。

しばらくすると彼は目を開け、まっすぐ僕やお客さんたちを見た。

「すまなかった」

「……！」

「謝った……領主様が俺たちに……」

「あのダストン様が、俺たちに謝った……？」

いっせいに響めきが起こる。

そりゃそうだよね。あれだけ高慢だった人がこんなに素直になるなんて。

「すごいよ、ランラン。どういうこと？」

「ぼくだってやる時はやるんですよ。見直したでしょう～～～」

ランランは得意げだ。

あんまり胸を張ってみせるものだから、おかしくなって笑ってしまった。

そういうところが神様らしくないのに、でもそれがランランのいいところなんだよね。

ダストンはザザさんにも向き直ると、さっき僕らにしたように謝罪とともに頭を下げた。

彼にとっては苦渋の行為だったかもしれない。

けれど、そんな僕の思いとは裏腹に、ダストンは晴れやかな顔をしていた。

「胸の痞《つか》えが取れたようです。なんというか……とても気持ちがいい」

「良かったですねぇ」

ランランは目を細めると、あらためて神様としてダストンを諭した。

「あなたは、これまで領民の方々に酷いことも強《し》いてきましたが、でも根は素直な方だと思います。だからどうかこれからは、心を入れ替えて良い領主となってください。自分の思いだけで突っ走らないこと。みんなと一緒に生きていくんだということを忘れなければ、きっと周りから慕われる素晴らしい領主様になりますよ」

「俺、が……」

「えぇ。できます。きっとね」

ランランが大きく頷く。

「あなたにお願いしたいのは四つです――なにはなくとも、領民ひとりひとりを大切にすること。ギルドに協力すること。ザザを解放すること。それから、町の人々や子供たちからナオさんを奪わないこと。……どうです？　ぼくと約束してくれますか？」

じっと噛み締めるように聞いていたダストンは、ややあってはっきり頷いた。

「約束します」

その瞬間、「おおっ」という声が上がる。

それに続いて、あちこちからこれまでの発言に対する撤回《てっかい》要求が起こった。

「じゃあ、税は十割にならないんだな？」

「配給制にもならないよな？」

「もちろん、祭の中止も撤回だろう？」

ダストンは皆を見回し、「そのとおりだ」とはっきり答える。

「税に関してはさらに見直そう。魔獣がウロついている間は納税は難しいだろう」

「そ、それって……」

「納税期限を延期しよう。それぞれの職業に応じて減税も考える。城壁の外で仕事をしているものは安心するといい」

この変わりようったら！

「すごいね。ランラン」

「ぼくもちょっとびっくりです」

　顔を見合わせ、こっそり笑う。

　ざわめきが一段落したタイミングで、ランランは今度はザザさんに向き合った。

「ザザ。あなたも大変な思いをしましたね。それでも、罪のない人々を騒動に巻きこんで
しまったことは謝らなくては」

「はい」

　ザザさんは自分より背の低いランランに一礼すると、壁際に固まったお客さんたちや、窓の向こうから覗きこんでいる人たちに向かって頭を下げた。

「私の身勝手な行動により、辛い思いをさせてしまったすべての方にお詫びいたします」

　それからダストンに向き直り、あらためて頭を垂れる。

「ダストン様。御領内でのこのたびの騒動、大変申し訳ございませんでした」

「いや。すべては俺の責任だ。俺がおまえを利用したことが原因なのだ」

「いいえ。私が対話による解決を諦めて城を飛び出したせいで……」

「それは俺がおまえに出ていけと言ったからだろう」

「さらには魔獣を使って当てつけなど……」

「そこまで追い詰めたのはこの俺だ」

「いいえ。ダストン様。私が」

「うおっほん！」

ランランが大きな咳払いで割って入る。

ぽかんとなったふたりは、そのままの姿勢で見つめ合った後、どちらからともなく噴き出した。

「そうそう。その笑顔です。魔法使いと契約主はこうでなくっちゃ」

呑気《のんき》な神様はうれしそうに頷く。

「ザザ、あなたにもお願いしたいことがあります——まずは、魔獣にかけた術《じゅつ》を今すぐ解くこと。荒れた大地を元に戻すこと。そして、良き魔法使いであることをぼくに誓ってくれますか。ぼくは、あなたの素晴らしい力を、これからももっと人々のために活かしてほしいと思っているんです」

「もったいないお言葉……この命に代えましても」

ザザさんはその場に跪き、右手を胸に当てるとランランに向かって頭を垂れる。

ランランはザザさんに立つよう促すと、あらためてダストンに引き合わせた。

「さぁ、仲直りの握手です」

ダストンが照れくさそうに右手を差し出す。

ザザさんがそれを握り返し、ようやくのことでこの長い長い喧嘩が終わった。

「それでは、さっそく」

息つく間もなくザザさんが右手の人指し指をふる。

するとその瞬間、指先から放たれた光は天井を抜け、一直線に東に飛んでいった。東といえば森の方角だ。

「今のは……」

呆気に取られる僕に、ザザさんがそっと微笑む。

「魔獣たちにかけた術を解きました。おそらく今夜のうちには森の奥に戻り、二度と出てくることはないでしょう。それから、荒れた農地や牧草地の回復も」

「今ので、もうできたんですか！」

「あなたも魔法使いなのに驚かれるのですね」

「そりゃそうですよ。僕なんてチートもできないヒヨッコですもん」

僕だって、できるものなら誰かに術をかけたり、光を飛ばしたりしてみたかった。

唇を尖らせる僕に、ザザさんは切れ長の目を細めて笑った。

「その代わり、あなたにしかできないすごい魔法があるのでしょう？」

「僕にしか……？」

なんだろう。

首を傾げていると、ランランが満面の笑みで割りこんでくる。

「ナオさんには、ごはんがあります！」

その一言に、近くにいたラインハルトさんたちも笑いながら話に加わってきた。

「確かに、ナオの料理は魔法だな」

「はじめて食った時、うますぎて度肝抜かれたもんな」

「ナオちゃんのお料理はおいしい上に、彩《いろど》りもいいし、美容にもいいし」

「それに、気持ちも前向きにしてくれますよね」

「皆さん……」

話を聞いていたお客さんたちも皆、異口同音に褒めてくれる。その気持ちがうれしくて胸がぐうっと熱くなった。

これはもう、やるしかないぞ。

「そんなに言われちゃ、腕をふるわないわけにはいかないじゃないですか」

「ナオさん？」

「トラブルが一件落着したなら、そこはおいしいごはんの出番でしょう？」

そう言った途端、店内に「わぁっ」という歓声が巻き起こる。

「いよっ！　待ってたぜ！」

真っ先に声を上げたのはヴェルナーさんだ。

まったくもう、威勢《いせい》が良すぎて笑ってしまう。

「さぁ、皆さん。少し早いですがよかったら夕食を食べていきませんか？　特別なものはなにもありませんが、絶品のポトフをお出しできます」

ダストン、ザザさん、ハンスさんにユルゲンさん。それにラインハルト団のメンバーも。みんなの顔を見回して誘うと、誰もが「よろこんで」と申し出を受けてくれた。

中でも、目を輝かせてくれたのは意外にもダストンだ。

「またあれが食べられるのか。城に召し上げなければ叶わないと思っていたが……」

「いつでもご用意していますよ。だって、うちの看板料理ですから」

胸を張って頷いてみせる。

ダストンは外で待機していた軍隊に退却を命じると、ひとりの従者を除いてお供《とも》たちを皆帰してしまった。

「いいんですか？」

「食事を楽しむのに武力は必要ない」

その言葉にハッとする。

本当に、心を入れ替えてくれたんだな……。

それなら僕も全力で応えなくちゃ。

騒動に巻きこんでしまったランチのお客さんをお詫びとともに見送り、テーブルの上を片づけると、あらためて早めの夜営業に突入した。

「えーと、一応聞くけど、ランランも……」

「もちろんじゃないですかっ！」

食い気味な答えが返ってくる。

「うっふっふっ。ナオさんのお料理、ずっと食べてみたかったんですよね～～～」

「神様なのに、人間の食べものとか食べられるんだね」

「だって神様ですから！」

まったく。なんでもその一言で済まそうとしてるな？

「まぁ、いっか。いつか実体化した暁にはランラン特製バージョンを作るって約束してたもんね。……あ、あれはおやつの話だっけ？」

「もちろんおやつも食べますが、なにか？」

「もう。食欲旺盛な神様なんだから」

でも、そういうところがいいんだよね。

ランランにもみんなと一緒にテーブルについてもらい（神様が同席するってどうなんだという考えはこの際置いておくことにした）、僕は腕によりをかけるべく、気合いを入れて腕捲りをする。

「……あ、その前に」

ふと気がついて、先に二階に上がった。

僕がいいって言うまで絶対に降りてきちゃダメだよって子供たちに言ってあるからね。ふたりとも不安がっていないか気になったんだ。

寝室のドアを開けると、案の定。

「ナオー！」

「ニャオー！」

「うおっ」

子供たちが駆け寄ってきて、ドーン！　と体当たりを食らわされた。

「もう、いいの？」

「もう、だいじょぶなの？」

「うん。ふたりとも待たせてごめんな。もう怖くないよ。みんな仲直りしたんだ」

よしよしと頭を撫でてやると、リーとルーはうれしそうに自分から頭を擦り寄せてくる。

あーもう、うちの子は最高にかわいいな！　それに、とってもお利口さん！

「そうだ。これからみんなでちょっと早い夜ごはんにするんだけど、ふたりも食べるか？

ポトフだぞ」

「ポトフ！」

ふたりは目をきらきら輝かせる。

うんうん。ふたりの大好物だもんな。

「リー、ポトフ、たべる！」

「ルーもたべる！　いっぱい、たべるよ！」

「リーもいっぱいたべる！　いーーーっぱい、だよ！」

「いーーーっぱい！」

子供たちは両手を広げ、「いーーーっぱい！」と大はしゃぎだ。食欲魔神のふたりなら、いつもの皿なんてあっという間に平らげて「もっと！」と言い出すに違いない。

「よーし。それじゃみんなと一緒に、いーーーっぱい食べよう」

「おー！」

「おー！」

三人で握った拳を突き上げる。

こんなこともあろうかと、ポトフだけは大鍋三つ分作ってマジックバッグに入れてあるからね。お客さんがたくさん来ようと、ヴェルナーさんに鍋ひとつ占領されようとドンと来いだ。

せっかくだから、保存食のピクルスやラタトゥイユも出そうかな。

どうやって僕たちが食糧不足を乗り越えてきたのか、ダストンに実際に見て、味わってもらった方が思い入れも強くなるだろうし。

なにより、僕が食べたいし！

やっぱり元気の源はごはんだからね。

「ナオ、はやく！」

「ニャオ、いくよ！」

「よし。行こう」

にこにこのふたりに手を引かれるようにして寝室を出る。

こうして、楽しい夜はその日遅くまで続いた。

7．異世界ごはんで子育て中！

かくして、イアには平和が戻った。

あれほど城壁の外をウロついていた魔獣たちは森に帰り、ザザさんの言うとおりその後出てくることはなかった。

注意深く安全が確認された後、以前のように城壁門が開け放たれる。

その時の、みんなのよろこびようったら！

万雷《ばんらい》の拍手が鳴り響き、地鳴りのような歓声が町中を埋め尽くした。

誰もが城壁の外に広がる景色に目を潤ませ、農民や酪農家たちは意気揚々と、あるいはうれし涙を拭いながら仕事道具を担いで門を潜った。

ザザさんが農地を元に戻してくれたおかげで、その後しばらくすると作物も収穫できるようになった。市場には品々が並び、それを買い求める人たちでマーケットは見事活気を取り戻した。

すべての歯車が良い方へ、良い方へと少しずつ回りはじめる。

平行して、森への立ち入りにも許可が降りた。

医療・食事・魔法の各分野にかなりの大打撃を与えた採取禁止令は解かれ、人々は薬やハーブを求めることが許されるようになった。

長らく魔草を待ち望んでいた魔法使いや錬金術師たちは、採取解禁の一報を受けるなりギルドへ詰めかけ、我先にと壁に依頼の紙を貼りつけたという。

なぜ僕がそこまで詳しく知っているかと言うと、ギルドスタッフのウルスラさんが我が家に直々《じきじき》においであそばして、「ナオさん。よろしくお願いしますね？」とにっこり笑顔で圧をかけていったからだ。その顔には「マジックバッグがパンパンになるまで採ってきてくださいねっ」と書いてあった。

無限収納がパンパンになるなんてあり得ないんじゃ……（つまり……？）という言葉を飲みこんだあの時の僕を褒めたい。

これからきっと、毎日家と森を往復する生活がはじまるだろう。

それでも、魔草の在庫が尽きるのが先か、失業するのが先かという瀬戸際《せとぎわ》で、どうにか生き延びた人たちが求めているんだ。採取を得意とする魔法使いの端《はし》くれとして（魔法を得意とする魔法使いって言えないところがアレだけど）頑張らなくちゃな。

それに、また新鮮なハーブを摘めるようになったのは僕としても大歓迎だ。今まで作るのを控えていたメニューもまた出せるようになる。

今回の騒動は僕らから多くのものを奪ったけれど、同時に、多くのものも与えていったように思う。

皆から毛嫌いされていた領主のダストンは心を入れ替え、領民のために仕事をするようになった。

ザザさんともしっかり和解したようで、ふたりはあらためて契約を結び直したそうだ。

これまでは領内のことなんて他人任せで、視察にすら来なかった人なのにね。

月に一度の領内視察では一緒に歩いている姿をよく見かける。

今では身分に関係なく人々の声に耳を傾けるようになり、彼の行く先々で人垣《ひとがき》ができているそうだ。領内の人との交流を通して少しずつ信頼関係を築きつつあるのだろう。

人間、変わろうと思えば変われるんだなぁ……。

調和の神様というランランの力もあるだろうけど、なにはともあれ、これからのイアはダストンのもとでますます発展していくだろう。

そういえば、ひとつ驚いたことがある。

苦肉の策で提案した保存食がイアの人たちに支持され、すっかり根づいたことだ。今や様々なアレンジがなされ、新しいレシピも次々に考案されて、家庭ごとの味が生まれつつあるらしい。

これもイアの食文化のひとつになるだろう。

そのきっかけを作れたのなら光栄なことだ。

夜営業の仕込みをしながらそんなことを考えていると、唐突に店のドアが開いた。

「少し早いが、入ってもいいか」

「ダストン様。それに、ザザさんも」

びっくりして目が丸くなる。

「どうしたんですか、お揃いで」

「今日は視察の日だからな」

あ、なるほど。

あれこれ思い返していたせいで、頭の中から本人が飛び出してきたんじゃないかと思ってしまった。

「どうぞ。まだ支度中ですが」

「すまんな」

「ご無理を言ってすみません。ダストン様がどうにも待ち切れないご様子で」

「ザザ」

ダストンが決まり悪そうにザザさんを一瞥する。

ザザさんもそれを受けて、手を口元に当てながらくすくすと笑った。

ずいぶん打ち解けた雰囲気だ。ちょっと前まであれだけ拗れたふたりだったのにね。

「そうだ。もしよろしければ、子供たちもご一緒させてもらっていいですか？　これから賄《まかな》いを食べさせようと思っていて……」

「あぁ、構わん」

「ありがとうございます。では、こちらにどうぞ」

ふたりをテーブルに案内すると、僕は店のドアから外に出る。

「リー。ルー」

裏庭に回って声をかけると、ふたりがパッとこちらをふり返った。

「ナオ！」

「ニャオ！」

「あららら……」

ふたりとも見事に泥だらけだ。

その有様《ありさま》と言ったら、両手両足のみならず、おでこやほっぺまで真っ黒になっている。きれいなプラチナブロンドの髪も泥んこの手で触ったらしく、あちこちに斑《まだら》模様ができていた。それだけ夢中だったんだろう。

「ふふふ。ずいぶん楽しかったみたいだな。なにしてたんだ？」

「これ、つくった！」

「ルーも、つくった！」

「どれどれ……って、え？　これ、ふたりで育てたのか？」

見れば、リーの手の上には艶々としたパプリカことベルーナが乗っているじゃないか。

ルーが持っているのはズッキーニことキニーのようだ。

一度、大量のトマトを作って魔力がスカスカになって以来、「一回に作るのは籠ひとつ分にすること」「魔力は十分の一までしか使ってはいけない」など、細かいルールを決めた。

それによって、子供たちは魔力をセーブするということを学んだようだ。

ルールを守ると僕がよろこぶというのも覚えたらしく、目下ギリギリを攻めて少しずつ野菜作りをしてくれている。

収穫した野菜が調理され、食事として出てくるのもふたりにはうれしいらしい。

わかるぞ。自分が育てたものって特別だもんな。

「リー、すごい？」

リーが目を輝かせながらこちらを見上げる。

「ルー、すごい？」

ルーも「褒められる準備はできています」とばかりに鼻息を荒くする。

それがあんまりかわいくて、ついつい噴き出してしまった。

「うんうん。ふたりともすごい。とってもすごい。よくこんな立派なベルーナとキニーを作れたな。ふたりとも、天才だな！」

「おおお！」

「ひょおお！」

手放しの賛辞にふたりとも大よろこびだ。

自分が作った野菜を両手で掲げ、畑をぴょんぴょん飛び回る。

「今夜はさっそくそれを使おう。ふたりのお野菜、お客さんに出してもいいか？」

「いいよ！」

「ルーのも！」

「ありがとう」

泥だらけの手で差し出してくれたベルーナとキニーを受け取ると、僕はふたりをつれて一度裏から家に入った。

さすがに、泥んこのまま人前に出すわけにはいかないからね。

大急ぎでお風呂に入れ、新しい服に着替えさせて一階に降りる。

子供たちは一瞬人見知りが発動しかけたものの、「ダストン様だよ」「ザザさんだよ」と背中を押してやると、近寄っていって挨拶をした。

はー、うちの子、偉い……！

後ろで見守りながらリーとルーの成長に拳を握る。

頭を撫でてやると、ふたりはこちらを見上げて、にぱっ！　と笑った。

「お待たせしてすみませんでした。この子たちが野菜作りに夢中で泥だらけだったので、お風呂に入れてきました。……見てください。これ、子供たちが作ったんですよ」

「ほう。立派なものだ」

「リー、すごい？」

「ルー、えらい？」

「あぁ。すごくてえらいとも」

ちょっと前まで『怖いおじさん』だったダストンに……いや、もうダストン様って呼ぶべきだよね。頭を撫でてもらって子供たちはにこにこだ。

そんな中、ザザさんだけが申し訳なさそうに目を伏せた。

「食べものが足りない中、自給自足で補ってくださっていたと聞きました。これも、その成果でしょうか」

「やだな、ザザさん。そんな顔しないでください。確かにきっかけではあったけど、今はもうこの子たちの楽しみなんですから」

子供たちもぶんぶん頷く。

「リーの、ベルーナ、おいしいよ！」

「ルーの、キニーも、おいしいよ！」

「僕もふたりが作ってくれた野菜が大好物なんです。ベルーナもキニーもこれから前菜に仕立てて持ってきますね」

途端に慌てたのはザザさんだ。

「せっかくおふたりが作ったものなのに、我々の食事にしてしまうのですか」

「畑から得たものはみんなでおいしく分け合ってこそ。それも食糧不足の時に身につけたことなんです。それに、畑にはまだ明日の分も、明後日の分もあります」

「たべて、いいよ！」

「ルーのも、いいよ！」

「リーさん。ルーさん……」

小さな手を差し伸べてくる子供たちを見て、ザザさんはいたく感銘《かんめい》を受けたらしい。

四歳児に「さん」づけする人はじめて見たな……。

「ザザちゃん。いっぱい、たべな？」

「え？」

「ザザちゃんってよぶのはね、かわいくて、すてきねって、いみだよ」

「か、かわいい？」

ザザさんが目を白黒させている。

いつもは落ち着いた人が戸惑う様子に、悪いと思いながらも笑ってしまった。

「すみません。ザザさんのことが大好きって言ってるつもりなんです」

「そうなんですか。……ふふふ。それはうれしいです。私もおふたりが大好きですよ」

「リーも、だいすき！」

「ルーも、だいすき！」

ふたりは椛のような手を口に当てて笑う。

同席を許してもらった子供たちを椅子に座らせ、「いい子にするんだよ」と念を押すと、僕はカウンターをぐるりと回って厨房に入った。

まずはリーの黄色いベルーナだ。

マーケットで買っておいた赤やオレンジのベルーナと合わせて細切りにし、軽く湯通ししてからピクルス液につける。

いつもは保存食用にもっと大きく切っているけど、せっかくの採れ立てほやほやだし、その食感も一緒に楽しんでもらえればと思ったんだ。薄切りならもう一品作っている間にほどよく味が馴染むだろう。

次に、ルーのキニーを手に取った。

こちらはサッと水洗いしてスライスし、木苺のサラダにする。一緒に出すのがピクルスだから、こちらの酸味はマイルドに仕上げた。

最後に、酸っぱいものが苦手な子供たちに、酸っぱくないサラダも作らなくちゃな。

その名も木苺のサラダ、ビネガー抜きだ。木苺をちょこんと飾った上から、二ミリ角に切ったリーのベルーナをパラパラと散らした。

うん、いいね。

キニーの緑、木苺の赤、そしてベルーナの黄色が色とりどりでかわいらしい。

まずはヴィヌマとともにピクルスとサラダをひとり分ずつ持っていくと、ダストン様とザザさんは揃って「おおっ」と声を上げた。

「これは美しい」

「はじめて見るお料理です」

ふたり同時にピクルスを口に運び、その酸味に目を瞠る。

「酸っぱいな。だが、もっと食べたくなる味だ」

「野菜のシャキシャキした歯応えがいいですね。甘みも感じられて……」

「リーの、ベルーナ、おいしい？」

「あぁ。うまいぞ。とてもな」

じーっと見つめていたリーに、ダストン様が笑い返す。

こらこら、そんなに見られたら食べにくいでしょうが。

でも、自分が作ったものだから気になるんだろうな。その気持ちはよくわかる。

ヴィヌマで一息入れたザザさんが、今度は木苺のサラダをフォークで掬う。彼は優雅にキニーを口に運ぶと、二、三度噛んでにっこり笑った。

「こちらはまた……同じ酸味でも、まったく違う味わいですね」

「ルーの、キニーも、おいしい？」

「ええ。おいしいですよ。とても」

テーブルの上に身を乗り出して見ていたルーに、ザザさんはにっこり微笑み返した。

これでようやく落ち着いたかな。

「それじゃ、ふたりにもな。はい、どうぞ」

リーとルーの前にビネガー抜きのサラダを出すと、たちまち「きゃー！」という歓声が上がった。

「なにこれ！　かわいい！」

「おほしさま、かわいい！」

「お星様？」

「これ。リーの、きいろいの！」

指さされたベルーナは、確かに夜空に瞬く星にも見える。

「おほしさまの、サラダ」

「きらきらの、サラダ」

ふたりはとても気に入ってくれたようだ。

揃ってサラダを頑張った子供たちは、顔を見合わせ、椅子の上で伸び上がった。

「うまー！」

「うままー！」

「ふふふ。良かった。いっぱい食べるんだぞ」

うれしそうに笑うふたりの頭をぽんぽん撫でる。

一足先に食べ終わったダストン様たちの皿を下げ、今度は料理のオーダーを訊ねた。

「メインはなにをお出ししましょう。この間召し上がっていただいたポトフもありますが、採取が解禁になってハーブもたくさん採れたので、それ以外のものも作れます」

「ほう。たとえば？」

「これまでよく作っていたのは、雛鳥とキノコをバターソテーして生クリームで煮込んだ雛鳥のクリーム煮や、トリッパとうずら豆を煮込んだものをパンに乗せて、上にチーズを乗せて焼いたトリッパとうずら豆のオーブン焼きですね。……あ、魚が良ければメノウのムニエルもできます。甘酸っぱくてあっさりしているので食欲がない時にもいいですよ。野菜だけが良ければ、卵やパイでボリュームを出した野菜のキッシュなんかもお勧めです。それから……」

「あぁ、もういい。聞けば聞くほどどれもこれも食べたくなって困る」

ダストン様が「ギブアップ！」とばかりに頭を抱える。

それを見て、横でザザさんがくすくす笑った。

「私の分も含めて、ナオさんにお任せします」

「えっ。いいんですか？」

「毎月の楽しみにしますから」

「わかりました。そういうことならお任せください」

笑顔でキッチンに戻る。

さぁ、なにを作ろうか。

クリーム煮にオーブン焼き。キッシュにディンケル小麦のハンバーグ。ザワークラウトも出したいし、パンにラタトゥイユを乗せると最高だってことも知ってほしい。

でも、まずは鉄板からだよな。毎月の楽しみにするってことは、毎月通って違うものを食べたいってことだと思うから。

ということで、雛鳥のクリーム煮に決定！

パチンと指を鳴らすと、頭の中で『うふふ』と声がした。

『ナオさん、やる気満々ですね』

『あ、ランラン』

いつもの声のみバージョンだ。

だから僕も、腕捲りしながら頭の中で返事をした。

『僕自身も好きなメニューだし、ポトフと同じくらい気に入ってもらえたらなって』

『いいですねぇ。ぼくもお邪魔したいです』

『またそんなこと言って……』

神様の出現がレギュラー化したら、それはそれで拙《まず》いでしょ。

『じゃあさ、せめて解説しながら作るから、それ見て楽しんでってよ』

『わっ。ほんとですか。ぜひお願いします！』

チビ天使がにこにこ顔で、シュタッ！と正座する。さすが土下座マスター、見えないのに伝わってくるってすごいよね。

「さて。はじめますか」

マジックバッグから材料を取り出し、調理台の上に並べた。

まずは鶏肉の皮を取り除き、摺り下ろしたニンニクことフェンをよーく擦りこんでから塩胡椒で下味をつける。

さらにショウガ代わりのガランを馴染ませ、ディンケル小麦をはたきつけた。

『あ、それ。ハンスさんがお好きなやつですね』

『そうそう。普通の小麦よりだいぶ高いけど、風味もいいし、栄養も豊富だからね』

『うふふ。ナオさんまでハンスさんみたいなこと言って……』

おっと。いつの間にか感化されていたらしい。

苦笑しながらフライパンにバターを落とし、火を点けた。

バターの芳醇な香りが立ち上ってきたところで鶏肉を入れる。たちまちジュワッと音を立てた肉の両面をこんがりと焼きつけ、香りづけにヴィヌマを注いだ。

『わっ！』

フランベした瞬間、ランランから歓声が上がる。

『ナオさん、火！　火がつきましたよ！』

『こうやってアルコールを飛ばすんだよ。風味や香りだけ残っておいしくなるんだ』

『へえぇ……すごいですねぇ』

ランランがごくりと喉を鳴らす。

神様ってこんなに食いつくもんなんだなぁ。

笑いそうになるのをこらえつつ数種類のキノコを加え、さらに森で採ってきたばかりのハーブも加えて蓋をする。ここからは弱火でじっくり蒸し焼きにすればＯＫだ。

「タイム、〈フォワード〉！」

手を翳して詠唱した瞬間、フライパンの中だけ時間が進んだ。

『わー！　ナオさん、格好いいです！』

『ふふふ。時空魔法って便利だよねぇ。授けてもらった時はよくわかんなかったけど』

『お役に立ててなによりですっ』

蓋を開け、鶏肉に火が通ったことを確認したら最後の仕上げに取りかかる。

加えるのはお手製の生クリームだ。

一度火を強くして沸騰させ、再び弱火に落としてから塩胡椒で味を調えつつ、とろみがつくまでコトコト煮込む。もう一度時空魔法を使って時間短縮しても良かったんだけど、ここで外せない工程があるからね。

『じゃーん。作り手特権、お味見!』

『あぁっ! ぼくも! ぼくもお味見したいです! ナオさん! ナオさーん!』

頭の中で喚き散らすランランを無視して(ただし喧《やかま》しいことには変わりない)ソースを掬い、口に運ぶ。

その瞬間、思わず声が出そうになった。

うーん、最高!

肉とキノコの組み合わせがおいしくないわけがないよね。雛鳥の出汁とキノコの旨味がソースに溶け出し、そこにヴィヌマの香りやハーブの爽やかさが加わる。それをまとめる生クリームのコクといったら!

『ぼーくーもー!』

大暴れするランランを追いやって料理を盛りつけると、四人分の皿をワゴンで運ぶ。

「お待たせしました」

まずはダストン様たちに、続いてリーとルーに小さな皿に盛ったクリーム煮を出すと、誰もがうっとりと目を細めた。

「なんという芳《かぐわ》しい香りだ。これはたまらん……！」

「僕も好きな雛鳥のクリーム煮をお作りしました。鶏肉には滋養《じよう》や疲労回復、消化促進の効果があります。視察でお疲れになったダストン様とザザさんに、おいしく食べて元気になっていただけたらと」

「なんとありがたい気遣いを……。さっそくいただきましょう、ダストン様」

「そうしよう」

ダストン様とザザさんが揃ってカトラリーを取り上げる。

そうして一口頬張るなり、ふたり同時に目を瞠った。

「うまい！　この世にこんなうまいものがあったとは……」

「なんという美味でしょう。ナオさん、やはりあなたこそ至高の魔法使いです」

「いやいや。褒めすぎですって」

「これを褒めずしてなんとする。……いやはや、やはり我が城に招きたいものだ」

「ダストン様」

「わかっている。これは独占してはならん味だ。いやしかし、だがしかし……」

眉間に深い皺を寄せながら唸るダストン様に笑ってしまう。

そこへ、ドアが開いてハンスさんが顔を見せた。

「おい。うまそうな匂いがするじゃねぇか、兄弟」

「向かいで酒飲みながら待ってたらこうだもんよ。もうやってんのか？」

後ろから鍛冶屋の主人も覗きこんでくる。

しまった。表の看板がCLOSEDのままだった。

「すみません。フライング開店しちゃいました」

「なんだそりゃ」

慌てて外套《がいとう》に灯りを灯し、ドアの外にぶら下げる。

看板も下げれば準備完了！

「リッテ・ナオへようこそ。今夜はフルメニューでお迎えします」

「おっ、ほんとかよ。やっといろいろ作れるようになったんだな」

「いつものポトフも好きだけどよ、変わったもんも食いたいからな」

「なんだい。あたしを抜け駆けしようってのかい」

「アンナさん。それに皆さんも」

アンナさんの後ろにはご家族の姿が見える。

さらにはその後ろから「やぁ！」と威勢のいい声がした。

「通りの向こうまでいい香りがしてたぞ。腹を空かせてきて正解だったな」

「ラインハルトさん。ヴェルナーさんにデメルさん、ソフィアさんも」

ラインハルト団ご帰還《きかん》のようだ。そろそろ遠征の帰りに寄る頃だろうと思っていた。

「ナオ。今日こそトリッパを食べたいんだが、できるか？」

「腹が減って死にそうだ。俺にも三人前持ってきてくれ」

「ナオちゃん、あたしまたクタクタのヘロヘロなのよぉ。魔法のスープが食べたいわ」

「わたしは今度こそ、クリーム煮が食べたいです」

四人の顔を見回し、変わらない笑顔にほっとなる。

「そう言うだろうと思って、準備万端ですよ」

「やったぜ！　さすがはナオだ！」

「わわっ」

ヴェルナーさんにわしゃわしゃと頭を撫でられ、よろめきながら招き入れる。

席に案内する途中、領主とその魔法使いが来ていたことに驚いて足を止めた一同を見て、ダストン様が立ち上がった。

「視察の帰りに寄らせてもらった。領主がいるからと言って、なんの気兼ねもいらない。今宵《こよい》はともにおいしい食事を楽しもう」

「私もご相伴《しょうばん》に与らせていただければと」

ザザさんも同じく椅子を立ち、優雅な仕草で一礼する。

これに真っ先に反応したのはハンスさんだった。

「いやー、変わったよなぁ。あんなに酷《ひで》ぇ領主様だったのによ」

「ちょっと。ハンスさん」

「よい、ナオ。本当のことだ」

諌めるダストン様に、みんながいっせいにぽかんとなる。

「……怒らねぇのか？」

「自分で蒔いた種だ。一度失った信頼を取り戻すことは大変なのだと、調和の神も言っておられた」

頭の中でランランが『むふー！』と鼻息を荒くする。

「確かに大変だと思いますが、ランランは『やるだけの価値はある』って言ってましたよ。ダストン様にはその力があるって」

「それを信じてやり抜くだけだな」

そっと微笑んだ顔にはもう、かつての傲慢さは微塵もない。

人って変われるんだなぁ……。

しみじみとしていると、アンナさんにポンと肩を叩かれた。

「ナオのポトフは絶品だからねぇ。食べた人をみーんな虜《とりこ》にしちまう。領主様の胃袋まで掴んだ時にはどうなることかと思ったけど」

「だが、おかげで町が救われた。結果オーライ。最高じゃねぇか」

ハンスさんがアンナさんの旦那さんと肩を組みながら破顔する。

「うまいモンは人を幸せにするんだぜ。俺たちがその生き証人だ」

「今日もたらふく食うぞ。じゃんじゃん出してくんな、兄弟」

「もう。ふたりとも」

いい顔で笑うんだから。

見ているこっちまで清々しい気分になってくる。

おいしいものは人を幸せにする、か――。

いろんなことがあったけど、これで少しはイアに恩返しできただろうか。……たぶん、いや、きっと。そうだったらいいな。

だって、ここは僕にとってかけがえのない場所だから。

みんなの笑顔を見回しながら僕は大きく息を吸いこんだ。

「さぁ、リッテ・ナオの開店です。今夜もとびっきりの料理をどうぞお楽しみに」

「おおおお！」

大歓声が湧き上がる。

それにガッツポーズで応えると、僕は気持ちも新たに厨房へと向かうのだった。

それから二ヶ月後。

城塞都市イアが成立した日を記念する、年に一度のイア祭が華々しく開幕した。

朝から山車《だし》を引いたパレードが大通りを練り歩き、沿道を埋め尽くす人々からの歓声に応える。マーケットやギルド前の広場にはこれでもかと屋台が建ち並び、肉を焼いたり、煮込み料理をふるまったりと大にぎわいだ。

これから日が高くなるにつれて人も増え、いっそう活気に満ちていくだろう。

誰もが楽しみにしていたお祭りだ。

今年は特に、一度は中止を言い渡されていただけに感慨深い。それは僕たち大人だけでなく、この日を指折り数えて待ち侘びていた子供たちも同じだった。

「ナオ！　おまつり！」

「ニャオ！　おまつり！」

リーとルーは朝から大昂奮だ。

というか、すでに昨日の時点でテンションがマックスで、ちっとも寝てくれなかった。三十分おきに「リー、ねれない」「ルーも、ねれない」「もう、あさ？」「もう、おきる？」とくり返してくれたおかげで僕まで見事に寝不足だ。

でも、自分も小さい頃はあぁだったよなぁ。

遠足の前の日なんか、何度も何度もリュックを開けて、持ちものを確認したりしてさ。

ドキドキわくわくしてちっとも落ち着かないんだよな。

ふたりを見ていると、考えていることが手に取るようにわかって微笑ましい。

それに、今日は店の手伝いもないから、余計にそわそわしてるんだろう。

なぜって？

それは、リッテ・ナオもCLOSEだから。

お祭りだからね。その代わり、料理屋らしいことで参加しようと思っている。

開け放したドアの向こう、大通りを闊歩《かっぽ》するパレードに手をふりながら、僕は非日常に胸を高鳴らせた。

「無事に開催されて良かったなぁ。三人で張り切って準備したもんな」

「リー、おてつだい、した！」

「ルーも、いっぱい、した！」

「ありがとうな。ふたりのおかげでバッチリだぞ」

実は、朝早く起きて（というか、眠れなかったのでそのまま起き出して）、お祭りで出すスペシャルメニューを用意したのだ。香りでネタバレしないように、ふたりには生活魔法で店の空気を完全にブロックしてもらうという気合いの入れようだ。

「みんな、びっくりするかな」

リーがわくわくとこちらを見上げる。

「みんな、きゃーって、いうんじゃない？」

ルーもそわそわと鼻の穴をふくらます。

「あぁ、きっとびっくりするな。そして、わーってよろこんでくれるはず」

「うふふ。はやくはやく」

「ニャオ、はやくはやく」

腕にぶら下がってくる子供たちを宥《なだ》め賺《すか》し、まずはお料理を出すための場所を作るべく店の外を片づけていると、お向かいでも準備がはじまったようだ。

「アンナさん。おはようございます」

「おや、ナオ。おはよう」

大きな樽を転がしていたアンナさんと旦那さんが僕たちに気づいて手を止める。ひとりひとつ運んできたようで、酒屋の店先にドーンと二樽が並べられた。

その迫力の光景たるや！

「どうしたんですか、そのお酒」

「祭ときたら酒だろう？　酒屋の出番さ。みんなに楽しんでもらいたいからね」

「そっちもなんか出すんだろ。兄弟」

「ええ。実は、子供たちと協力して作ってまして」

「そのわりになんの香りもしないじゃないか。あたしはてっきり、あんたは今年は楽しむ側に回ったのかと思ってたけど」

「ふふふ。それは後ほどのお楽しみです」

満を持して、ここぞと発表したいからね。

三人でそんな話をしているうちに午前中のパレードが終了した。

店の前の大通りが解放され、人がドッと流れてくる。つまり、僕らの本番だ。

「さぁ、祝いだ！　イアの祭だ！」

旦那さんの一声に、集まった人たちから「おおっ」と声が上がった。

「この日のために仕込んでおいた、とっておきのヴィヌマだよ。みんな一杯やっとくれ」

景気よく樽が開けられ、フレッシュなヴィヌマが振る舞われる。

金はいらないと首をふるアンナさんに誰もが目を丸くした。

「おい。タダでいいのかよ」

「これ売りモンだろ？」

「いいんだよ。酒は祝いの席に欠かせないからね。うちからのご祝儀みたいなもんさ」

アンナさんが鼻の頭に皺を寄せて笑う。

「太っ腹だな、おい」

「やるじゃねぇか。さすがイア一番の酒屋だな」

そこへ割りこんできたのはハンスさんだ。

受け取ったヴィヌマを一息に飲み干すと、樽の上に、ドン！　と大きな籠を乗せた。

「おめぇにばっかりいい格好はさせねぇぞ」

「おう。なんだこりゃ」

旦那さんが籠にかかっていたクロスを捲る。

すると、中には焼き立てのパンがぎっしり詰まっていた。

「おい、うまそうじゃねぇか！」

「当然だろ。この俺が精魂こめて焼いたディンケル小麦のパンだからよ」

「まったくおめぇはあいかわらず、二言目にはディンケルディンケル言いやがる」

幼馴染みのふたりは肩を組み合い、「ガッハッハ！」と笑い合う。

ハンスさんによって熱々のパンも配られ、その場は即席の宴会場となった。

「兄弟。おめぇもこっち来て呑めよ」

ハンスさんが手招きしてくれる。続けざまにヴィヌマを三杯干した彼は、もうすっかりご機嫌のようだ。

「お気持ちだけ。実は、僕たちもいいものを出そうと思ってまして」

「いいもの？」

ハンスさんが首を傾げる。

「今日は、週の五日目ですよね。五日目って言ったらなにか思い浮かびませんか？」

「五日目って言ったら……おい、もしかして……！」

「はい。毎週五日目はカレーの日です」

答えた瞬間、その場の全員から「おおお！」と雄叫びのような歓声が上がった。

「待ってたぞ、ナオ！」

「もう食べられないかと思ってたよ」

「僕もです。長い間お待たせしました」

一時は香辛料がなくて作れなかったカレーだけど、キャラバンがまたイアに来てくれるようになったおかげで、輸入商品店の店先にもスパイスが並ぶようになった。

だから、満を持しての復活なのだ。

「せっかくなので、子供から大人まで食べられるように三種類のカレーをご用意しました。ハンスさんのパンや、アンナさんのヴィヌマによく合うはずです」

「よくやった。兄弟！」

「おい、みんな！　ナオがカレー出すってよ！」

「よしきた。準備は任せな、手伝うぜ。手はじめにテーブルと椅子だな」

あれよあれよという間に馴染みの常連客たちが手分けして仕度を調えてくれる。

こうして、店の外にも即席のレストランができ上がった。今日はお祭りで人も多いし、できるだけ座面を確保しようとあらかじめ用意しておいたんだ。

「ありがとうございます、皆さん。おかげで助かりました」

「いいってことよ。これぐらい」

「ナオのカレーが食えるんだ。お安いもんだぜ」

にっこり顔を見合わせていると、後ろからエプロンを引っ張られた。

見れば、子供たちだ。

「ナオ。リー、おてつだい、する？」

「ニャオ。ルーも、おてつだう？」

首をこてんと倒し、きらきらした目でこちらを見上げてくる。常連さんたちのように、自分たちも役に立ちたいんだろう。

「ありがとうな、ふたりとも」

僕はその場にしゃがみこむと、リーとルーの頭をよしよしと撫でた。

「じゃあさ、せっかくだから僕が料理をしてる間、歌を歌ってくれるか？　リーとルーのカレーソング、聞きたいっていう人がいっぱいいるんだ」

その昔、即興ではじまった『カレーの歌』ことカレーソングは実は密《ひそ》かな人気がある。

もちろん、僕もそのひとり。

「わかった！」

「わかった！」

ふたりは自信満々に頷くと、集まったオーディエンスたちに向かって手をふった。

「リー、うたうよ！」

「ルーも、うたうよ！」

「よっ！　待ってました！」

ハンスさんのかけ声にふたりはノリノリだ。歩行者天国となった大通りに進み出ると、リーとルーは大きな声で歌いはじめた。

「カレーうまうま～～うまうまカレ～～～」

「うままうままま～～うまうまカレ～～～」

お尻をふりふり、腰をくねくねさせて踊る魅惑のカレーダンスつきだ。

真剣な顔でお尻をぷりっとさせているリーとルーがかわいくて、でもシュールで、噴き出さずにはいられない。ハンスさんは手を叩き、アンナさんは涙を流しながら子供たちの勇姿に笑い転げた。

やんやの拍手喝采に気を良くした子供たちは、得意顔でいつもの『リー&ルー劇場』をやりはじめる。こうなるともうあとはふたりの独壇場だ。

僕はアンナさんに子供たちを頼むと、ひとり厨房に取って返した。

これから仕上げをするのはいつも作っている豆のカレー、バターチキンカレー、そして挽肉とトマトで作るキーマカレーの三種類だ。

「えーと。なにをどこまでやったんだっけ……」

『ナオさんナオさん。ぼくまた作ってるところが見たいです』

「あ、ランラン。いらっしゃい」

今日も今日とて頭の中で声がする。

一度実況クッキングをしてからというもの、ランランはすっかり嵌《はま》ってしまったらしい。今じゃ料理のたびに覗きにきては『へぇ、なるほど……』『おいしそうですねぇ』と独り言を呟いている。

今は店の中に誰もいないし、みんな表でわいわいやってるから、ここでひとりで喋っていても誰も気にも留めないだろう。

「じゃあまず、豆のカレーからね。これはいつも見てるから知ってる？」

『はい。だいたいは……』

よしよし。それなら話も早い。

僕はマジックバッグから重たい寸胴鍋を取り出すと、止めていた時を解除してから火を点けた。

蓋を開ければ、ふわんと豆の甘い香りがする。

「これは、あらかじめ緑豆と材料を煮ておいたもの。豆が煮崩れるまでコトコト煮ると、こんな感じでトロッとするんだ」

『いいですねぇ』

材料はトマトことマール、タマネギに似たディール。そこにグリーンチリのラウロネやスパイス、ショウガことガランなんかも入れてある。

あとは、最後の仕上げをするだけだ。

「鍋をあたためてる間に香辛料を炒めるよ。フライパンに油を敷いて、順番にスパイスを入れる……ほら、だんだん沸々してきたでしょ？」

『わぁ。ほんとだ』

「こんな感じで、いい焦げ色がついてきたら鍋に加える。最後にバターオイルを入れれば完成！」

『おー！』

たちまちスパイシーで複雑な香りが立ち上る。

久しぶりに五感で感じる芳香を堪能すると、僕はすぐさま新しいフライパンに手を伸ばした。

「よし、次はバターチキンカレーを作ろうか」

『はいっ』

ふふふ。ランラン、すっかり助手気分だね。

微笑ましく思いながら、まずはフライパンにバターを落とした。

ホール状のスパイスを炒めてバターにしっかり香りを移す。油の中で種がシュワシュワとふくらんできたら微塵切りの香味野菜を入れ、焦げないように気をつけながらこちらも香りを引き出すべくじっくり炒めた。

フライパンの中が色づいてきたところでマールと水を加えて、強火で一煮立ちさせる。再び弱火に落としたら、ここで得意技。

「タイム、〈フォワード〉！」

一瞬でフライパンの中が十分進んだ。

『ナオさん、使いこなしますねぇ』

「これほんと便利だよね。料理が一気に楽になるもん」

なかった頃には戻れない魔法ナンバーワンだ。

そして、ナンバーツーがこちら。

マジックバッグからを取り出したボウルを調理台の上に、ドン、と置く。

一口大の鶏もも肉にヨーグルトを揉みこみ、一時間置いたものだ。もちろん、漬けこむ時間は「タイム、〈フォワード〉！」で短縮した後、このマジックバッグで温度管理させてもらった。

「マジックバッグもありがたいよねぇ」

『うふふ。たくさん活用していただけてぼくもうれしいです』

そんな鶏肉をフライパンに投入し、砂糖や塩、スパイスを加えて再び一煮立ちさせる。

材料に火が通るまで煮込んだら、生クリームを加えて味を馴染ませ、塩で味を調えたらでき上がり。

一応味も見たけど、濃厚かつクリーミーでとってもおいしい！

『いいなぁ。ナオさんばっかり味見して……』

すかさずボヤキが聞こえたのには笑ってしまった。

「そう言うなって。ほら、最後のひとつ作るからさ。次はキーマカレーだぞ」

さっきのふたつと違い、こっちはドライタイプとして仕上げる。そのため肉や野菜から出た水分がなくなるまでしっかり炒めることがポイントだ。

まずは、鍋に油とホールスパイスを入れて中火にかける。

いい香りが漂いはじめたらニンニクことフェンを加え、軽くきつね色になるまで炒める。この時、余熱で火が入りすぎないようにするのが大事だ。フェンはあっという間に焦げるからね。

そこへガランとディールを入れて炒め、ディールが透き通ってきたら粉状のスパイスと塩を投入する。

マールと鶏ひき肉を加えると、ジュウウッと煙が出た。

『わっ。すごい音！』

「ずっと中火で炒めるレシピだからね。これで水分を飛ばすんだ」

ここでのんびりしていると全体がべちゃっとした仕上がりになってしまう。

焦げないように絶えずかき混ぜつつ、しっかり水分が飛んだらキーマカレーの完成！

それぞれを少しずつお皿に盛って、サンプルとして持っていくと、みんなに拍手喝采で迎えられた。

「いい香り！」

「待ち侘びたぜ！」

「さぁ、早く食わしてくれ」

どの顔にも「もう一秒も待てない」と書いてある。

「三種類作ってみました。どれでもお好きなものを選んで……」

「全部！」

語尾を奪う勢いで声が揃った。

「……へっ？」

満面の笑みで手を上げた人たちの中にはノワーゼルさん夫妻やラインハルト団の四人、さらにはどうやってお祭りを抜け出してきたのか、ギルドのユルゲンさんやウルスラさんまでいるじゃないか。

皆さん、いつの間に！

「ナオならうまいものを拵《こしら》えると思っての」

「また新しいお料理を楽しませてもらえるのね」

そう言って、ノワーゼルさん夫妻がにこにこ笑う。

「やぁ、ナオ。祭のために大急ぎで切り上げて帰ってきたんだ」

「やっとカレーにありつけるぜ。いつもカレーの日に当たらなかったからな」

「お腹ペコペコよぉ。今日はダイエットそっちのけでヴェルナーと同じだけ食べるわ」

「はじめてのお料理、ドキドキしますね」

いやはや、ラインハルトさんたちも満面の笑みだ。

「間に合って良かったわい。ウルスラに散々急かされてのう」

「ナオさんの新作はのんびりしてたらなくなっちゃいますから。ねっ」

あの、ウルスラさん。ユルゲンさんが隣で息も絶え絶えになってますけど……。

みんなの顔を眺め回しているうちに、うれしくなって頬がゆるんだ。

それだけ、期待して来てくれたってことなんだよな。

「なぁ兄弟。この際、鍋ごと持ってきたらどうだ」

待ちきれなくなったのか、ハンスさんが新しい提案をくれる。

ええい。もうこうなったら乗っかってしまえ。

「そうですね。それじゃ力持ちの方、すみませんがお手伝いをお願いできますか？」

「もちろんよ」

「よろこんで」

「任しとけって」

デメルさん、ラインハルトさん、ヴェルナーさんに寸胴鍋と大量のお皿を運んでもらい、急遽外で給仕をすることになった。

おかげで人が集まる集まる集まる！

振る舞い酒目当ての人、パンの噂を聞いた人、そしてカレーの香りに誘われた人たちが次々に大通りにやってくる。

アンナさんご夫婦は次から次にヴィヌマを注ぎ、ハンスさんは大張りきりでパンを配り、僕は三種類のカレーをよそって、全力で来てくれた人たちをもてなした。

もちろん、頑張ってくれたリーとルーにもお子様カレーをたっぷりと。

「さぁ、皆さん。準備はいいですか」

「おおっ」

皆を見回し、スプーンを掲げる。

「町が今日もこうして在ること、その一員であることに感謝します。イア祭を祝して……乾杯！」

「乾杯！」

勢いよくグラスが掲げられる。

さぁ、アウトドアカレーパーティのはじまりだ。

「うわっ、うめぇ！　なんだこのバターチキンカレーってやつは！」

一口食べるなり、ハンスさんが声を上げた。

「いつもの豆のカレーより濃厚でクリーミーでしょう」

「おう。こいつは気に入ったぜ。パンにも合うし、めちゃくちゃうめぇじゃねぇか」

「こっちのキーマカレーもすごくおいしいよ。思ったんだけどさ、これ、パン種に入れて焼いてもおいしいんじゃないかい？」

アンナさんの提案に、ハンスさんは「おっ」と目を輝かせる。

「それいいな。カレーパンか、作ってみてぇ」

「そしたらあたしに一番に試食させとくれ」

「その時は手土産にヴィヌマを忘れんなよ」

「当たり前だよ。言われなくとも持ってくさ」

まったく仲良しなんだから。

そんなふたりを横目に、僕もパンを手に取った。

ハンスさんご自慢のディンケル小麦を使ったプチパンだ。それを豆のカレーにたっぷり浸して頬張れば、そこはもう幸せの極地！

すかさずアンナさんのよく冷えたヴィヌマを飲むことでカレーの辛さがすっと和らぎ、スパイスの香りが鼻に抜ける。もう一口、もう一口と食べたくなるほどのうまさだ。

「うーん。最高！」

みんなが「だろう？」と口を揃える。

「うまー！」

子供たちも大よろこびで、口の周りをベタベタにしながら目をきらきらと輝かせた。

うんうん。これはもう夢中だね。

「ふふふ。良かった。ぼくも、うまー！　だ」

「ねー！」

「ねー！」

順番にふたりの顔や手を拭いてやり、ごちそうさまを見届ける。

すっかり満腹になった子供たちは元気いっぱい、再び大通りの真ん中に凱旋した。

「カレーうまうま〜おまめカレ〜〜」

「うまうままま〜チキンカレ〜〜」

「うまうまカレ〜〜キーマカレ〜〜〜」

「どれもうまま〜〜ナオのカレ〜〜〜」

またしても『リー＆ルー劇場』がはじまったばかりか、カレーソングにまさかの二番が飛び出す。ふりつけなんてもうキレッキレだ。

次から次にオリジナルソングを熱唱するふたりにみんなは手を叩いてよろこび、お腹の底から笑い合った。

あぁ、これを幸せと言わずしてなんと言うんだ！

これからも、ずっとずっとずっと、こんな日々が続いていきますように。

そんな願いをこめながら僕は皆の笑顔を目に焼きつけた。

コスミック文庫 α

異《い》世《せ》界《かい》ごはんで子《こ》育《そだ》て中《ちゅう》！2
～絶品ポトフは町を救う～

2024年3月1日　初版発行

【著者】　宮本《みやもと》れん
【発行人】　佐藤広野
【発行】　株式会社コスミック出版
〒154-0002　東京都世田谷区下馬 6-15-4
【お問い合わせ】　一営業部一　TEL 03(5432)7084　FAX 03(5432)7088
一編集部一　TEL 03(5432)7086　FAX 03(5432)7090
【ホームページ】　https://www.cosmicpub.com/
【振替口座】　00110-8-611382
【印刷／製本】　中央精版印刷株式会社

ISBN978-4-7747-6541-9 C0193